BRIGITTE VOLLENBERG

Zimtsterne mit roter Liebesperle

BRIGITTE VOLLENBERG

Zimtsterne mit roter Liebesperle

16 kriminelle Weihnachtsgeschichten

Impressum

Bibliografische Information der Deutschen Nationalbibliothek: Die
Deutsche Nationalbibliothek verzeichnet diese Publikation in der Deutschen Nationalbibliografie; detaillierte bibliografische Daten sind im Internet über http://dnb.dnb.de abrufbar.

Die automatisierte Analyse des Werkes, um daraus Informationen ins-
besondere über Muster, Trends und Korrelationen gemäß §44b UrhG
(„Text und Data Mining") zu gewinnen, ist untersagt.

© 2024 Brigitte Vollenberg
Covergestaltung: Nora Bojarra
Verlag: BoD • Books on Demand GmbH, In de Tarpen 42,
22848 Norderstedt
Druck: Libri Plureos GmbH, Friedensallee 273, 22763 Hamburg
ISBN: 978-3-7583-4274-5

Inhalt

Zimtsterne mit roter Liebesperle

Die Haustür stand offen, als Doro ihre Freundin Paula zum verabredeten Hundespaziergang abholte. Sie trat in den kleinen Windfang.

»Paula!«, rief sie. »Ich bin es, Doro!«

Aus der Küche dröhnte lautstarkes Gebell, denn Lotta, die quirlige Beaglehündin, hatte die Besucherin gehört. Der Hund tobte hinter der verschlossenen Küchentür. Wem nicht bekannt war, welch harmloses liebes Tier sich auf der anderen Seite der Tür verbarg, musste vermuten, dass dort ein riesiger Rottweiler nur darauf warten würde, dem Eindringling seine scharfen Zähne ins Fleisch zu schlagen.

»Bin gleich da!«, erklang Paulas Stimme aus dem Obergeschoss und sie kam die geschwungene Holztreppe herunter.

»Bist du von allen guten Geistern verlassen?«, sagte Doro. »Du kannst doch deine Haustür nicht sperrangelweit offenstehen lassen! Jeder hätte sich unbehelligt Zutritt verschaffen können.«

»Ich hab doch Lotta«, antwortete Paula und grinste. »Sie ist zwar nur ein liebenswerter Beagle, aber Fremde werden vermuten, dass sich ein Monster in der Küche aufhält. Du hörst ja selbst, was sie für ein Theater macht.«

Paula umarmte Doro zur Begrüßung. Sie griff ihren Mantel, knotete sich einen Schal um den Hals, zog die Handschuhe an und nahm die Lederleine für Lotta vom Haken. Dann erst öffnete sie die Küchentür. Lotta wirbelte schwanzwedelnd und bellend heraus. Doro wurde stürmisch von ihr begrüßt. Sie hielt sich am Türrahmen fest, weil der Hund an ihr so wild hochsprang, dass sie fast das Gleichgewicht verlor. Lotta entdeckte die Leine in der Hand ihres Frauchens. In Erwartung eines Spaziergangs drehte sich der Beagle vor Freude um seine eigene Achse. Nur mit einem Leckerchen konnte Paula den Hund kurzfristig bändigen, um den Karabinerhaken der Leine am Halsband zu befestigen.

»Du kannst trotzdem die Tür nicht einfach so einladend geöffnet lassen und in die nächste Etage verschwinden«, mahnte Doro. »Hast du nicht von den vielen Einbrüchen in der letzten Zeit gehört? Ich glaube, es sind bereits zwanzig und alle hier im Kreis. Die Polizei vermutet, dass es ein und derselbe Täter ist. Ich habe es heute Morgen erst in der Zeitung gelesen. Würde mich nicht wundern, wenn der Einbrecher demnächst auch hier bei uns zuschlagen wird.«

Doro übernahm die Hundeleine und Paula schloss sorgfältig die Haustür ab. Sie ging um das Haus herum und prüfte, ob das Gartentor und die Garage abgeschlossen waren.

»Los geht's!«, sagte sie. Lotta startete und zog Doro um die Hecke nach links. Der Hund kannte den Weg zum Wald.

»Hat die Polizei bisher keine Hinweise gefunden, die zu dem Täter führen könnten?«, fragte Paula. »Woher wissen die denn, dass die Einbrüche alle auf das Konto eines Kriminellen zurückzuführen sind?«

»Die Art, wie er in die Gebäude einsteigt, ist immer dieselbe, ebenso ähnelt sich die Auswahl der Häuser. Meistens sind es freistehende Einfamilienhäuser von älteren Menschen.«

Lotta hatte einen vielversprechenden Laternenpfahl gefunden. Hier war ausgiebiges Schnuppern angesagt. Doro und Paula standen auf dem Bürgersteig und warteten, bis der Hund seinen Informationsdurst mit der Nase gestillt hatte.

»Aber«, sagte Doro, »der Einbrecher hinterlässt bisher zwar keine gravierenden Spuren, die zu seiner Identifikation führen, doch auffällig ist, dass er stets irgendetwas verzehrt. Alle Geschädigten haben das berichtet. Bei einem Bruch hat er Mandarinen gegessen, die in einem Körbchen auf dem Esszimmertisch deponiert seinen Appetit anregten. Die Schalen lagen sogar noch auf dem Tisch. In einem weiteren Haus hat er den Grünkohl verspeist, der im Topf auf dem Herd stand. Ein anderer Bestohlener fand im Schlafzimmer zwei Apfelkippen auf der Fensterbank. Der Hausherr hatte glaubhaft versichert, dass er sie dort nicht hingelegt hat. Bei einem Einbruchsopfer hat der Dieb sogar den Kühlschrank geplündert.«

»Ein seltsames Verhalten«, sagte Paula. »Ob das ein Markenzeichen ist oder eine Marotte?«

Doro überreichte Paula wieder die Hundeleine. Lotta war ihr zu anstrengend. Sie liebte Hunde und hätte auch gerne so einen eigenen treuen Freund gehabt. Aber ein Zugpferd, wie Lotta, zehrte an ihren Kräften. Außerdem hatte sie eine Hundehaarallergie, die der Anschaffung eines Haustiers mit Fell, entgegenstand.

Doro und Paula waren sich im letzten Jahr auf einem Volkshochschulkurs begegnet. *Weihnachtsgeschenke aus der Aromawerkstatt* hatten sie belegt und gemeinsam mit Kräutern, Blüten und Ölen experimentiert. Mit verführerisch duftenden Essenzen und Aromen kreierten sie farbiges Badeöl, Raumsprays, Aromasalze und Liköre. Mit Kursbeginn stellten sie fest, dass sie sich vom Sehen kannten und sogar in der gleichen Straße wohnten. Sie waren schnell Freundinnen geworden und hatten Freude daran gefunden, die kleinen selbstgemachten Weihnachtsgeschenke auf den traditionellen Weihnachtsmärkten der Region zu verkaufen.

In diesem Jahr hatten sie geplant, ihr Geschenke um selbstgebackene Plätzchen zu erweitern. Vorausgegangen war wiederum ein Kurs an der Volkshochschule. Diesmal drehte sich alles um die Weihnachtsbäckerei. Zum absoluten Highlight zählten in dieser Saison ihre Zimtsterne. Paula liebte Plätzchensorte und sie wagte sogar, sich als Zimtsternexpertin zu bezeichnen. Es gab gravierende Unterschiede bei den Rezepten. Zimtstern war eben nicht Zimtstern, das wurde den beiden Damen schnell klar.

Sie trafen sich bei Paula zum Backen. Doro hatte ebenfalls eine perfekt ausgestattete Küche, aber da die Weihnachtsbäckerei sehr zeitaufwendig war und Lotta nicht so lange alleine bleiben sollte, entschieden sich die Freundinnen für Paulas Backstube. So fühlte sich der Beagle nicht einsam und genoss es, von seinem eigenen Körbchen aus, die Backaktionen zu beobachten. Hin und wieder gelang es Lotta, ein Plätzchen zu stibitzen.

Erneut hatte der Einbrecher zugeschlagen. In der regionalen Zeitung wurde davon berichtet. Die Vermutung erhärtete sich, es mit dem Wiederholungstäter zu tun zu haben. Diesmal hatte er zusätzlich zu den erbeuteten 1.000 Euro einen halben Apfelkuchen verspeist, bevor er das Weite gesucht hatte.

Die Zimtsternproduktion neigte sich langsam dem Ende zu. Doro und Paula verpackten je 10 Zimtsterne in eine Zellophantüte und banden diese mit rotem Schleifenband zu. In die kleineren Tüten legten sie jeweils zwei Sterne. Sie waren als Anhänger für Weihnachtsgeschenke vorgesehen und sollten als winzige süße Aufmerksamkeit Freude bereiten.

Doro und Paula verabredeten sich für den dritten Adventssonntag, um zum Weihnachtsmarkt nach Dortmund zu fahren. Es war ein Ausflug, auf den sich beide riesig freuten. Je näher der Zeitpunkt ihres Weihnachtsausflugs kam, umso unentschlossener wurden sie.

»Sollen wir wirklich diesen Tagesausflug machen?«, fragte Paula. »Hast du gehört, dass auch in unserem Wohngebiet Einbrüche stattgefunden haben?« Doro nickte.

»Und, wie sollen wir uns nach deiner Meinung schützen? Hast du einen Vorschlag? Verzichten möchte ich nicht. Der Dortmunder Weihnachtsmarkt ist einer der schönsten in der Region.«

Die Idee, die die beiden Damen ausheckten, weil sie sich für potenzielle Opfer hielten, war simpel. Wenn ihr Vorhaben erfolgreich war, konnte man es als genial bezeichnen. Eine lobende Erwähnung in der Presse wäre ihnen sicher.

»Entweder behelligt uns der Einbrecher nicht, dann haben wir Glück gehabt oder wir bringen ihn zur Strecke«, sagte Doro.

Am letzten Samstag vor dem Fest fand der Weihnachtsmarktbesuch statt. Lotta wurde zu Paulas Schwester gebracht, weil ein Hund auf dem Weihnachtsmarkt tausend Qualen stirbt, denn die verführerischen Düfte treiben ihn in den Wahnsinn. Paula hatte überprüft, ob alle Türen an ihrem Haus ordnungsgemäß verschlossen waren. Sie hatte die Rollläden heruntergelassen. In der Küche rückte sie das Adventsgesteck auf dem Tisch in die richtige Position, befeuchtete Daumen und Zeigefinger mit Spucke und benetzte damit den Docht der Kerze, die sie kurz vorher ausgepustet hatte. Ihr Blick fiel auf die Zimtsterne der Extraklasse, die in einem kleinen Schälchen hübsch angerichtet danebenstanden. Jeder Zimtstern in der Gebäckschale war, entgegen der üblichen Optik eines Zimtsterns, mit einer dicken, roten Liebesperle dekoriert. Sie stellte die geöffnete Flasche Dornfelder und ein Weinglas in die Tischmitte und schloss leise die Küchentür hinter sich zu.

Paula hupte dreimal kurz und Doro trat aus der Haustür heraus.

»Na, alles klar?«, fragte sie. »Hast du den Küchentisch so hergerichtet wie verabredet?«

Doro nickte.

»Bei mir steht ebenfalls ein weihnachtlicher Gruß«, sagte Paula. Dann fuhren sie los. Sie würden sich den ganzen Tag Zeit nehmen und ausgiebig genießen, was die Aussteller ihnen zu bieten hatten. Sie waren sich sicher, dass sie keine

Zimtsterne kaufen würden, denn kein anderes Rezept würde ihren Plätzchen das Wasser reichen können.

Doro und Paula standen vor der riesigen Tanne, die den Hansaplatz in hellem Glanz erstrahlen ließ. Der Duft von Glühwein, Zimt und gebrannten Mandeln lag in der Luft und leise Weihnachtsmusik erklang aus den kleinen Hütten. Sie beschlossen, in Ruhe über den Weihnachtsmarkt zu bummeln und das Angebot zu begutachten. Nach dem Mittagessen planten sie, zum Glühweinstand zu gehen. Paula würde sich ohne Frage für einen Kinderpunsch entscheiden. Sie hatte ihr Auto in der Tiefgarage am Freistuhl geparkt und sie würde es lenken, wenn sie am Abend wieder Richtung Heimat fuhren.

Die friedvolle Atmosphäre beeindruckte sie. Der Markt war gar nicht so voll, wie sie erwartet hatten. Die beiden konnten entspannt an die einzelnen Hütten herantreten und die weihnachtlichen Auslagen betrachten. Sie entdeckten ein Aktionshaus für Kinder.

»Wie praktisch«, rief Doro. »Das hätte es mal zu der Zeit geben sollen, als unser Nachwuchs noch klein war.« Doro trat an das Fenster und sah die kleinen Gäste bei der Arbeit. Sie bastelten und hatten ihren Spaß daran und die Eltern konnten ungestört einen Bummel über den Weihnachtsmarkt machen.

Die eintretende Dunkelheit sorgte für eine noch schönere Stimmung, denn die gigantische Weihnachtsbeleuchtung hüllte den Markt in glitzerndes und gleißendes Licht. Sie hatten Kleinigkeiten für ihre Lieben gekauft und jedes Päckchen würde später mit einem Zimtsternanhänger aus der Eigenproduktion dekoriert werden. Schließlich begaben sie sich auf den Heimweg. Der Weihnachtsmarktausflug hatte sie müde gemacht.

»Ich muss jetzt gleich erst mit Lotta eine kleine Runde durch den Wald machen«, sagte Paula. »Sie wird mich sicher schon vermissen. Und dann, nur schnell den Kamin angezündet und ab aufs Sofa und die Füße hochgelegt.«

Paula setzte Doro vor ihrer Haustür ab, fuhr bei ihrer Schwester vorbei und holte Lotta ab. Kurze Zeit später stand sie startklar mit dem Hund an der Leine im Windfang ihres Hauses, als ihr Telefon schellte.

»Bingo!«, rief Doro. »Komm sofort rüber! Wir haben ihn.«

»Wen haben wir?«, fragte Paula.

»Na, den Einbrecher. Er ist bei mir. Er sitzt am Küchentisch, hat den Kopf auf der Tischplatte abgelegt und schläft. Er schnarcht leise. Wovon er wohl träumt? Ich hab ihn vorsorglich in der Küche eingeschlossen. Beeil dich!«

»Los, Lotta!«, spornte Paula ihren Vierbeiner an. »Wir müssen zu Doro, sie braucht unsere Hilfe.« Der Hund zögerte einen Moment. Sollte er den Weg zum Wald einschlagen? Doch Paula befahl: »Rechts herum, Lotta!«

Doro stand in der geöffneten Haustür und wartete. Sie war aufgeregt. »Wir müssen sofort die Polizei anrufen. Wir wissen beide nicht, wie lange er schlafen wird.«

Lotta tobte und bellte beim Anblick des Fremden. Aber der Einbrecher zuckte nicht einmal.

»Oh Gott, wie gefräßig der war!«, rief Paula.

14

»Der Teller mit den Zimtsternen ist ja leer.« Auf dem Tisch standen nur noch der Adventskranz, die Weinflasche, das Glas und der vormals reichlich gefüllte Weihnachtsteller. Sie blickten auf die mit Krümeln übersäten pausbackige Engel, die in ihre Trompeten pusteten.

»Mach schon! Stell den Teller in die Spüle und lass heißes Wasser darüber laufen! Wir sollten selbst die geringsten Spuren beseitigen.«

Dann nahm sie die Weinflasche in die Hand, hielt sie schräg gegen das Licht der Küchenlampe. Den Rest des Weines goss sie in den Ausguss. »Der Rotwein scheint ihm nicht sonderlich geschmeckt zu haben. Die Hälfte ist noch in der Flasche«, sagte Paula. »Gut, dass wir zweigleisig gefahren sind.«

»Ist er tot?«, fragte Doro irritiert, während Paula die 110 wählte.

»Ich glaube nicht.«

»Ich, ich möchte einen Einbruch melden«, stotterte Paula und gab die Adresse durch. »Bitte kommen sie schnell, der Einbrecher ist noch im Haus. Er scheint einen Schwächeanfall zu haben, vielleicht hat er auch einen Herzinfarkt. Auf jeden Fall liegt er auf dem Küchentisch meiner Freundin und schläft.«

Lotta zog und zerrte an der Leine. Paula konnte sie hier im Haus ihrer Freundin nicht laufen lassen. Schließlich lockerte sie den Zug auf die Leine und Lotta erreichte das Ziel, das sie die ganze Zeit in der Nase gehabt haben musste. Sie schnappte gierig zu. Genüsslich kauend machte sie artig Platz.

Paula sah eine rote Liebesperle über den Fußboden rollen und schrie auf. Lotta schluckte. Die Krümel, die ihr aus dem Maul fielen, wiesen eindeutig auf einen Zimtstern hin.

»Nein!«, kreischte sie aufgeregt. »Weißt du, wie K.-o.-Tropfen bei Hunden wirken? Schnell, gib mir eine Tube Senf. Ich muss unbedingt dafür sorgen, dass Lotta sich erbricht.«

Als Polizei und Rettungswagen eintrafen, glich die Küche einem kleinen stinkenden Schlachtfeld und mittendrin saß der gesuchte Einbrecher und schlief. Lotta bellte nur noch verhalten beim Eintreffen der Polizei. Der Senf wirkte noch nach. Der Polizeibeamte sah auf die leere Flasche Rotwein und schüttelte den Kopf.

»Keinen Alkohol am Arbeitsplatz, das gilt auch für Einbrecher.«

(Erstveröffentlichung im Buch: Weihnachten, lustig und kriminell, Band 1, 2015)

Mordlichterglanz

Helga machte sich Gedanken um die Menüfolge am Heiligen Abend. Sie wollte Klaus etwas Besonderes bieten, nichts Alltägliches. Ihre Freundin übergoss sie gerade mit einem Redeschwall, holte kaum Luft zwischen den Empfehlungen einzelner Rezepte. Helga hielt den Hörer von ihrem Ohr entfernt und starrte ihn an. Die schrille Frauenstimme am anderen Ende der Leitung redete ohne Punkt und Komma weiter. Kurzentschlossen drückte sie auf den roten Knopf. Das Gespräch endete abrupt. Sie stellte den Klingelton leise. Anschließend blätterte sie durch ihre handgeschriebenen Rezeptbücher und schnell stand fest, was am Heiligen Abend auf dem Tisch stehen würde.

Bereits am Morgen hatte sie einen Champagner in den Getränkekühlschrank gelegt und eine Flasche Rotwein aus dem Keller geholt. Diese stand bereits entkorkt auf der Anrichte und durfte atmen, wie Klaus diesen Vorgang gerne nannte. Er bedrängte Helga seit Tagen, wollte herausbekommen, was sie zum Fest geplant hatte. Seine Hartnäckigkeit irritierte sie, aber sie verriet ihm nichts. Sie hatte sich ausgemalt, alles ähnlich herzurichten wie in jener Zeit, als sie Klaus zum ersten Mal in ihre kleine Studentenbude eingeladen hatte, nur eine Spur edler. Damals gab es keinen Champagner, sondern ein preiswerter Schaumwein vom Discounter musste reichen. Auch der Rotwein war nicht so edel wie heute.

Sie hatte seit Tagen immer wieder das erste intime Zusammentreffen mit Klaus vor Augen und die Erinnerungen beflügelten sie. Sie war sich sicher, dass sie Klaus motivieren konnte, das Spielchen mitzuspielen. Ihr war bewusst, dass es eigentlich kein Spiel war, sondern der verzweifelte Versuch, an eine Liebe anzuknüpfen, die in letzter Zeit mehr als gelitten hatte. Aus Liebe und Zuneigung war ein routiniertes Miteinander geworden. Ihr Zusammensein funktionierte. Aber glücklich war sie nicht.

Als die Kinder aus dem Haus waren, dauerte es nicht lange und Helga bemerkte, dass sie sich auf der Strecke ihrer Ehe verloren hatten. Ihre Beziehung hatte sich verändert. Mit der Lebenssituation unzufrieden, nahm sie sich vor, etwas zu ändern. Der Wendepunkt sollte heute, der 24. Dezember sein.

Leise Musik erklang aus den Lautsprecherboxen. Seine Lieblingsmusik. Kein Weihnachtsgedudel wie Stille *Nacht, heilige Nacht* oder *Ihr Kinderlein kommet*. Klaus hasste Weihnachtslieder. Er hatte sie jahrelang nur geduldet, weil ihre Kinder die einstudierten Lieder unter dem Weihnachtsbaum zum Besten gaben. Später bestanden die Großeltern weiter darauf, traditionell weihnachtlich beschallt zu werden.

Helga schaltete die Deckenbeleuchtung ein. Helles Licht flutete den Raum. Das ging gar nicht. Diese Lampe nahm dem Zimmer jegliche Gemütlichkeit. Die Schirmlampe auf dem Beistelltisch reicht völlig aus. Sie überlegte, ob sie die Kerzen des fünfarmigen Leuchters anzünden sollte. Flackerndes Licht erhöht das Wohlbefinden. Nein, diese spärliche Beleuchtung ist perfekt und schafft eine romantische Atmosphäre. Das einzig Weihnachtliche auf dem Esszimmertisch war das unscheinbare Weihnachtsgesteck. Klaus mochte keine pompösen Arrangements. Aber der kleine Zweig einer echten Tanne mit zwei roten Schleifchen und einem Glöckchen musste sein. Diese Accessoires verliehen dem Abendessen zu zweit, ähnlich wie damals, eine winzige weihnachtliche Note. Sie zündete zusätzlich die dicke rote Kerze an, die sie auf den Beistelltisch gestellt hatte. Es war Heiligabend, auch wenn Helga den Abend zweckentfremdet nutzen wollte. Sie wollte das Fest der Liebe in diesem Jahr wörtlich nehmen, und sich nicht an alten Traditionen und gesellschaftlichen Zwängen orientieren.

Das Licht der Kerze flackerte und spiegelte sich in den bauchigen Rotweingläsern. Das Silberbesteck strahlte in altem Glanz, obwohl sie es lange nicht mehr aus der Schublade hervorgeholt hatte. Einen Moment überlegte sie, es auszutauschen, gegen das Schlichte aus der Küchenschublade. Jedoch verwarf sie den Gedanken. Ihre Oma hatte ihr das edle Besteck als Beitrag zur Aussteuer geschenkt, als sie in ihre Studentenwohnung eingezogen war und sie hatte es oft benutzt. Es war damals das Einzige von Wert, das sie besaß, und sie hatte Klaus damit beeindrucken können.

Beim Zubereiten der Speisen hatte sie die Küchentür immer geschlossen gehalten, weil Klaus es nicht leiden konnte, wenn ihm in der Diele Essensgerüche entgegenströmten. In den letzten Jahren hatte sie diesen Wunsch mehr und mehr vernachlässigt. Essen riecht eben nach Essen, basta. Aber heute sollte alles anders sein. Gerne hätte sie Räucherstäbchen angezündet. Aber sie erinnerte sich daran, wie Klaus es den Kindern verboten hatte, sein Haus mit diesem Gestank einzuräuchern, obwohl er sich damals von dem Opiumduft berauschen ließ. Sie stellte eine Duftkerze in die Diele, die das zarte Aroma von Vanille verteilte.

Die SMS, die Klaus vor Stunden geschickt hatte, kündigte sein Kommen für genau 19:00 Uhr an.

»Ich habe heute noch etwas Wichtiges zu erledigen«, hatte er beim Frühstück verkündet und war ins Büro gefahren. Was gibt es am Heiligen Abend Wichtiges zu erledigen, das nicht bis nach den Feiertagen warten kann, fragte sie sich. Aber Klaus handelte wie immer: die Arbeit ging vor. Helga war überzeugt, dass es ein Geschäftstermin sei und wo und mit wem er sich traf, hatte er ihr nicht mitgeteilt. Seine Versicherungsagentur lag in der Innenstadt von Oldenburg in unmittelbarer Nähe eines Einkaufszentrums mit einer attraktiven Shoppingmeile. Da er Bequemlichkeit liebte, war es durchaus möglich, dass er später kurz vor Ladenschluss auf die Schnelle für sie ein Weihnachtsgeschenk kaufte, obwohl sie vereinbart hatten, sich dem Konsumterror nicht zu beugen. Sie verdrängte den Gedanken an Geschenke zum Fest.

Heute kam ihr seine Abwesenheit ganz gelegen, so hatte sie Zeit, alles in Ruhe vorzubereiten. Nach der Erfüllung der hausfraulichen Arbeiten wollte sie duschen und sich für den besonderen Abend herrichten. Ihr neues schwarzes Schlauchkleid saß perfekt. Und erst die gewagten Dessous, die sie darunter trug, sie waren ein Traum. Bei der Anprobe hatte sie die Verkäuferin nicht in die Kabine schauen lassen. Sie hatte sich im Spiegel betrachtet, gedreht und bewunderte ihren Körper. Auf die Begutachtung von einer jungen Dame, die ihre Tochter hätte sein können legte sie keinen Wert. Sie gefiel sich und konnte sich nicht vorstellen, dass dieser Anblick Klaus kalt ließ.

Als sie in der letzten Woche zögerlich in das Dessous-Fachgeschäft im Herzen Oldenburgs eingetreten war, hatte die Beraterin es ihr sicher gleich an der Nasenspitze angesehen, dass sie es alltäglich, schlicht und sportlich liebte. Ihre Kundenerfahrung verriet ihr, dass das Interesse an diesen mit Spitzen und Litzen verzierten und gewagten Modellen einem besonderen Anlass gewidmet sein musste. Nach dem Kauf war sie mit ihrer Einkaufsbeute durch die Stadt gelaufen und glaubte, die Passanten, die sie anlächelten, würden das Geheimnis in ihrer Einkaufstüte kennen.

An ihrer Figur hatte sie nichts auszusetzen. In ihrem Alter so schlank zu sein, war nicht gerade üblich, wenn sie da so an ihre Freundinnen dachte. Das Kleid brachte ihre Kurven sehr positiv zur Geltung.

Heute würde das erste perfekte Abendessen am Heiligabend ohne Kinder auf sie warten. Ihre Tochter war mit Freunden von Berlin aus gleich in die Alpen in den Schnee gefahren und ihr Sohn hielt sich in den USA auf.

Helga überlegte, ob sie sich schon einmal ein Gläschen Prosecco gönnen sollte. Im Kühlschrank stand noch eine geöffnete Flasche. Das Kribbeln im Bauch würde sich sicherlich durch den Alkohol verstärken. Sie kam sich wie ein Teenie vor, der dem ersten Date entgegenfieberte. Helga dachte an das Weihnachtsfest, alleine mit Klaus zurück, noch bevor sie von den Fängen der weihnachtlichen Familientraditionen ergriffen wurden. Damals hatten sie sich in ihrer kleinen Studentenbude getroffen. Es gab Spaghetti mit Tomatensoße, selbst gekocht. Sie hatten sich verliebt in die Augen geschaut und vor lauter Gefühlswallungen und prickelnder Erotik das Essen vergessen. Solche Liebesnächte waren selten geworden. Realistisch betrachtet, musste sie sich eingestehen, dass sie gar nicht mehr stattfanden.

Sie sah auf die Uhr. Noch eine halbe Stunde. Ob man die Zeit zurückdrehen kann, überlegte sie. Wird es so wie früher sein? Helga überprüfte den Tisch, warf einen letzten Blick auf die angerichteten Speisen in der Küche, und überprüfte erneut ihr Spiegelbild. Dann fiel ihr das Parfüm ein, das Klaus ihr zum Geburtstag geschenkt hatte. Er hatte es ausgesucht. Ihm wird der Duft sicher gefallen, sonst hätte er ihn ja nicht gekauft. Sie sprühte sich dezent eine Winzigkeit hinter die Ohren.

Die nächste SMS von Klaus lautete: Wir sind gleich da. Helga starrte auf ihr Handy. Wer ist denn WIR, dachte sie. Hoffentlich bringt er niemanden mit. Aber wer kommt spontan am Heiligabend zu Besuch? Sie grübelte. Und wenn mein Weihnachtsgeschenk ein Hund ist. Sie sah sich mit ihrem neuen schwarzen Kleid auf dem Teppich liegen und einen Hundewelpen kraulen. Der Gedanke an das *Wir* nahm Helga gerade etwas von der Vorfreude auf Klaus und den Abend, so wie sie ihn sich vorgestellt hatte. Nach dem köstlichen Abendessen sollte es verführerisch weitergehen. Helga hatte geplant, sich zum Dessert eine große rote Schleife symbolisch um die Taille zu binden und die Bescherung einzuleiten. Sie war in diesem Jahr das Weihnachtsgeschenk für Klaus und das hatte nichts mit Konsumterror zu tun. Wieder dachte sie darüber nach, wen er mitbringen würde. Oder hatte er sich nur vertippt?

Helga hörte einen Wagen bis vor die Garage fahren. Eine Autotür schlug zu. Nur Sekunden später fiel eine zweite Tür ins Schloss. Kein Hund schoss es ihr durch den Kopf. Ein Vierbeiner steigt nicht vom Beifahrersitz aus und schlägt seine Tür fast gleichzeitig selbst zu. Eine riesige Enttäuschung erfasste sie. Ein flaues Gefühl ging von ihrem Magen aus. In den Augenwinkeln sammelten sich Tränen. Sie ließ sich in den Sessel fallen und wartete, was und vor allem wer gleich auf sie zukommen würde.

Die Stimme aus der Diele gehörte zu Klaus: »Tritt doch näher, komm mit ins Wohnzimmer?«

Dann hörte sie Schritte. Die Geräusche des Gastes waren eindeutig weiblich. Absätze klackten über die weißen Marmorfliesen.

»Helga!«, rief Klaus, »wir sind da. Wo bist Du?«

Helga saß mit rasendem Herzen im Wohnzimmersessel. Sie öffnete den Mund, aber es kam kein Ton heraus. Die Enttäuschung, dass der Abend einen anderen Verlauf nehmen würde, als sie ihn sich vorgestellt hatte, saß tief.

»Darf ich dir Anna-Lena vorstellen«, sagte Klaus.

Irgendetwas lag in seiner Stimme, dass sie aufhorchen ließ. Sie klang nervös und vibrierte leicht. Dann traten er mit seinem Gast ein. Klaus führte an seiner Hand eine Dame ins Wohnzimmer. Helga nickte unmerklich.

»Und, wer ist Anna-Lena?«, fragte sie abweisend und setzte ein säuerliches Lächeln auf. Soll sie doch merken, dass sie nicht willkommen ist. »Du solltest mir deinen Gast vorstellen.«

Anna-Lena blieb stehen, grazil, mit hoch erhobenem Haupt und sah auf Helga herab. Sie verweigerte der Hausherrin den Gruß. Diese zog ihre Hand schnell zurück, als sie merkte, dass die Fremde auf einen Händedruck von ihr keinen Wert legte. Klaus war zu dem kleinen Beistelltisch gegangen und hatte sich einen Cognac eingeschenkt. Ansonsten passierte gar nichts. Helga sah Klaus an. Er wich ihrem Blick aus. Die Atmosphäre im Wohnraum knisterte spannungsgeladen.

»Darf ich dich mal kurz sprechen? Unter vier Augen«, sagte Helga. Sie stand auf, ging an der hochnäsigen Schönheit vorbei in der Hoffnung, Klaus würde ihr in die Diele folgen. »Was soll das?«, fauchte sie ihn an, als er neben ihr auftauchte. »Wer ist diese Person?« Ihr Ton war hart und barsch. Außerdem sprach sie nicht gerade leise. Die Fremde soll ruhig mitbekommen, dass ich sauer bin, dachte sie. »Der Weihnachtsabend gehört uns und ich will ihn mit niemand anderem teilen«, brüllte sie und kämpfte mit den Tränen. »Soll ich noch schnell ein Gedeck mehr auflegen?«, fragte sie in einem bissig sarkastischen Ton. »Wir können ja einen gemütlichen Abend zu dritt machen?« Helga war so sauer und enttäuscht, dass sie sich kaum beherrschen konnte. »Ich will, dass deine Anna-Lena verschwindet. Jetzt sofort.« Bockig verschränkte sie ihre Arme und blickte Klaus zornig an. »Du hast mir immer noch nicht gesagt, wer diese Frau ist.«

Klaus wich ihrem Blick aus und stand da, hilflos wie ein getadelter Schuljunge.

Wenn er nichts unternimmt, dann werde ich handeln, beschloss Helga. Sie wartete einige Sekunden, und rief: »Ich bestelle Ihnen jetzt ein Taxi.« Beleidigend fügte sie hinzu: »Ich hoffe, Sie finden am heutigen Heiligen Abend noch ein warmes Plätzchen, wo Sie sich an einen gedeckten Tisch setzen können.« Als Helga ins Wohnzimmer zurückkam, das Telefon in der Hand, traf sie fast der Schlag.

Anna-Lena hatte es sich gemütlich gemacht. Sie hatte ihren Mantel abgelegt und über die Sessellehne geworfen. Ihre schlanken Beine übereinandergeschlagen wippte sie lässig mit ihrem linken Fuß auf und ab. In der Hand hielt sie ein mit Rotwein gefülltes Glas. Ihre komplette Haltung strahlte Ignoranz und Überheblichkeit aus. Und erst dieser Blick. Helga sah darin eindeutig eine Spur von Verachtung. Doch der Schock, den sie empfand, ging vom Gesamtbild der Fremden aus. Sie trug unter dem Mantel ebenfalls ein schwarzes schlankes Kleid. Ihre Haarfarbe glich der ihren. Aber Anna-Lena hatte die dunkelblonden schulterlangen Haare zu einem kessen Pferdeschwanz frisiert. Helga hatte seit einigen Monaten einen Kurzhaarschnitt, obwohl Klaus dagegen protestiert hatte, als sie angekündigt hatte, sich ihre langen Haare abschneiden zu lassen. Aber es war bequemer so.

Klaus trat hinter seinen Gast und zeigte keine Reaktion. Ihm schien der Anblick nicht seltsam vorzukommen. »Kannst du mir mal erklären, was das zu bedeuten hat?«, fragte sie. »Wer ist diese Frau, ich warte immer noch auf eine Erklärung?«

»Das ist Anna-Lena«, sagte Klaus, als ob es die normalste, selbstverständlichste Antwort der Welt sei.

»Und wer ist zum Teufel Anna-Lena?«

Die Fremde hatte bis jetzt keinen einzigen Ton von sich gegeben. Jetzt aber ergriff sie das Wort. »Meinst du nicht, mein lieber Klaus, du solltest deiner Frau langsam reinen Wein einschenken?«, fragte sie. Sie sah auf ihre edle Armbanduhr. »Es ist jetzt sowieso Zeit für die Bescherung. Wie es aussieht, bist du immer noch nicht dazu in der Lage, mich vorzustellen. Dann werde ich das jetzt übernehmen«, fuhr sie fort.

»Ich bin Anna-Lena, die neue Frau an Klaus Seite.«

Dieser Satz traf Helga wie einen Schlag in den Magen. Sie fühlte sich wie betäubt. Die Information drang gar nicht in ihren Kopf ein. Sie stotterte: »Ja aber, ja aber, ab heute sollte doch alles anders werden. Ich, wir wollten doch neu anfangen, unserer Beziehung eine Chance geben. Klaus, du kannst mich doch nicht …« Das Wort *austauschen* blieb ihr im Hals stecken. An Anna-Lena gerichtet schrie sie: »Heute sollte ein Neubeginn sein.«

Klaus, dieser Feigling stand mit seinem Cognacglas in der Hand da und sagte kein einziges Wort.

»Klaus ist mit einem Neuanfang mit Ihnen nicht interessiert«, antwortete Anna-Lena. »Für uns steht seit langem fest, dass wir ein Paar sind. Es hat sich nur nie der Zeitpunkt ergeben, Sie darüber zu informieren. Sie haben sich das in Ihrer naiven Vorstellung eingebildet. Aber Klaus will ihn nicht, zumindest nicht mit Ihnen. Und dass er sich für mich entschieden hat, zeigt eindeutig, meine Anwesenheit. Ich bin das Versteckspiel leid.«

Klaus dementierte nichts und sah zu Boden. In Helga verkrampften sich die Eingeweide. In ihrem Kopf war es wattig und leer. Ein einziger Gedanken formierte sich: Ich muss hier raus. Im Hals verspürte sie einen Druck, der ihr die Kehle zuschnürte. Sie drehte sich um und wie in Trance verließ sie den Raum. Als sie durch die Diele ging, hörte sie wie Anna-Lena zu Klaus sagte: »Siehst du, mein Lieber, wie man das macht? War doch gar nicht so dramatisch. Jetzt weiß sie es wenigstens.«

Helga griff ihren Mantel von der Garderobe und schulterte ihre Handtasche. Sie riss die Haustür auf und trat nach draußen. Die kalte Abendluft schlug ihr entgegen. Es war leicht bewölkt. Vereinzelt sah sie Sterne am Himmel. Was sollte sie jetzt tun? Ihr Auto hatte sie an der Straße geparkt. Klaus konnte es nicht leiden, wenn sie vor der

Garage parkte, obwohl er sich bequem hinter ihren Wagen hätte stellen können.

Sie balancierte mit ihren hochhackigen Schuhen über die asphaltierte Einfahrt, erreichte ihr Auto und stieg ein. Der Motor heulte auf. Sie fuhr an weihnachtlich dekorierten Vorgärten vorbei. Schmerzlicher konnte der Anblick nicht sein. Hinter den hell erleuchteten Fenstern saßen jetzt die Familien beisammen, aßen ihren Weihnachtsbraten, sangen Weihnachtslieder, machten Bescherung. Es war Heiligabend.

Helga verließ die Stadt und raste mit überhöhter Geschwindigkeit eine Landstraße entlang. Sie heulte ununterbrochen. Eine Welle des Selbstmitleids jagte die nächste. Immer wieder wischte sie sich mit dem Ärmel ihres Mantels über das Gesicht. Erst als sie kaum noch etwas sehen konnte, weil die Tränen ihren Blick verschleierten und die Schminke in ihren Augen brannte, verlangsamte sie ihr Tempo und fuhr auf einen Parkplatz. Sie suchte in ihrer Handtasche nach Papiertaschentüchern und tupfte sich ihr Gesicht ab. Was mach ich jetzt nur? Wo soll ich hin?

Am Schlüsselbund war der Schlüssel ihres Ferienhauses. Das wäre eine Möglichkeit. Oder ich gehe in ein Hotel. Die Kinder rufe ich nicht an, entschied sie, auf gar keinen Fall. Tim kann mir nicht helfen und Miriam, Papas Liebling? Es konnte sein, dass er ihr bereits von Anna-Lena erzählt hatte, das würde sie Klaus zutrauen. Und meine Freundinnen? Sie sitzen jetzt alle in Friede-Freude-Eierkuchenstimmung unter dem Weihnachtsbaum. Gaby würde sagen: Das hab ich kommen sehen! Bärbel, gerade frisch geschieden, würde mir gratulieren: Sei froh, dass du ihn los bist.

Helga merkte, dass der Schock sich langsam löste. Das anfängliche Selbstmitleid wich der Wut. Das, was gerade passiert ist, machte niemand ungestraft mit mir, dachte sie. Demütigen lasse ich mich nicht, auch nicht von Klaus und schon gar nicht von dieser Zicke Anna-Lena. »Klaus! Dieses feige Schwein«, rief sie und schlug mit der Hand auf das Lenkrad. Sie zuckte erschrocken zusammen. Jemand ging durch das Scheinwerferlicht ihres Autos und kam auf die Fahrertür zu. Reaktionsschnell drückte sie auf den Knopf der Zentralverriegelung. Ein Mann bückte sich und sah sie durch die Seitenscheibe an.

»Moin! Kann ich Ihnen helfen? Haben Sie eine Panne?«, fragte er freundlich. Helgas Hand erfasste den Autoschlüssel. Sie zündete den Motor und legte den ersten Gang ein, gab Gas. Der Blick in den Seitenspiegel zeigte ihr, dass der Mann, vom roten Schein ihrer Bremslichter eingehüllt, am Boden lag. Ich hab ihn zu Fall gebracht. Wenn ich losfahre, ist das Fahrerflucht, dachte sie. Verdammt, was mach ich jetzt nur? Vorsichtig fuhr sie eine Runde über den Parkplatz und lenkte den Wagen so, dass der Fremde von ihren Autoscheinwerfern erfasst wurde. Jetzt konnte sie ihn deutlich sehen. Ganz so schlimm schien sie ihn nicht erwischt zu haben. Er saß auf dem grauen Asphalt und hielt sich den Arm. Mutig ließ Helga die Fensterscheibe herunter.

»Sind Sie verletzt?«, fragte sie. »Kann ich Ihnen helfen?« Helga kniff die Augen zusammen, denn der eisige Wind blies ihr ins Gesicht.

»Blödere Fragen fallen Ihnen wohl nicht ein?«, sagte der Mann und versuchte, sich aufzurichten. »Da will man freundlich sein, bietet seine Hilfe an und wird umgenietet. Was machen Sie eigentlich hier auf dem Parkplatz?«

»Das könnte ich Sie auch fragen«, antwortete Helga schnippisch.

»Also ich wohne hier und *Sie* haben offensichtlich ein Problem. Jetzt steigen Sie schon aus und helfen Sie mir hoch! Das ist das Mindeste, was ich von Ihnen erwarten kann.«

Helga zögerte kurz. Sie ließ den Motor laufen und stieg aus. Langsam ging sie auf den Mann zu. »Na kommen Sie schon, ich beiße nicht«, sagte er. Sie bückte sich und griff ihm ungeschickt unter den Arm und half ihm auf.

»Danke«, sagte der Fremde. »Sind Sie auf dem Weg zu einer Weihnachtsfeier?« Helga raffte den Mantel zusammen, denn er hatte sicherlich gesehen, dass sie darunter ein schickes Kleid trug.

»Nein«, antwortete sie und sah dem Fremden ins Gesicht. Er sah sympathisch aus und er duftete gut. Ein angenehmes Parfüm. Sie kannte es, aber der Name der Marke fiel ihr nicht ein.

»Kommen Sie, ich lade Sie zu einem Glühwein ein. Ich wohne da drüben.« Er wies mit der Hand auf ein Haus auf der anderen Straßenseite. Nachbarn schien es keine zu geben, denn rechts und links war es stockdunkel. Helga war das Gebäude vorher gar nicht aufgefallen. Es war weihnachtlich geschmückt. Beleuchtete Elche grasten im Vorgarten und Lichterketten säumten beidseitig den Weg bis zur Haustür. In diesem Moment beschlich sie eine heimelige Gemütlichkeit.

»Und was führt Sie am Heiligen Abend auf diesen dunklen Parkplatz?«, fragte sie.

Der Fremde steckte Zeige-und Mittelfinger der rechten Hand in den Mund und ein schriller Pfiff ertönte. Wenig später raschelte es im Gebüsch und ein Hund kam schwanzwedelnd auf die beiden zu.

»Das ist Mathilda, meine Jack-Russell-Hündin. Darf ich mich vorstellen, mein Name ist Jens Jensen. Sie sollten Ihren Wagen ordentlich parken und dann gehen wir rüber und ich mach uns etwas Warmes zu trinken. Ist verdammt kalt hier draußen.«

»Und was ist mit Ihrem Arm?«

»Nichts weiter, es wird ein paar blaue Flecken geben. Glück gehabt.«

Helga setzte sich in ihren Wagen, lenkte ihn auf dem leeren Parkareal in die erste Parkbucht, nahm ihre Handtasche und stieg wieder aus.

»Was sagt ihre Familie dazu, wenn Sie in der Heiligen Nacht eine Fremde mitbringen?« Kurz blitzte das herablassende Gesicht von Anna-Lena vor ihr auf. Sie würde nicht in die weihnachtliche Atmosphäre einer fremden Familie drängen.

»Mathilda, ist dir die Gesellschaft dieser Lady heute angenehm?«

»Ich heiße Helga.« Sie hielt Jens Jensen ihre Hand hin. »Frohe Weihnachten.«

Zögerlich betrat Helga eine geräumige Diele. Wohlige Wärme empfing sie. Jens Jensen nahm ihr den Mantel ab und geleitete sie ins Wohnzimmer. Der Lichterglanz im

Haus war im Gegensatz zu der üppigen Außendekoration spärlich. Es stand nur ein Adventskranz auf dem Tisch. Die Kerzen waren fast bis unten heruntergebrannt. Essensduft nahm sie nicht wahr. Helga setzte sich auf die Außenkante des Sofas. Ein unangenehmes Gefühl beschlich sie in diesem fremden Haus. Sie fühlte sie sich unwohl. Aber jetzt konnte sie nicht zurück. Ich trinke einen Glühwein und dann verabschiede ich mich wieder. Ich fahre ins Ferienhaus, entschied sie.

»Nennen Sie mich Jens«, unterbrach Jens Jensen ihre Gedanken. Er überreichte Helga einen Becher. »Aufpassen, der ist heiß.« Der würzige Duft des Glühweins krabbelte in ihre Nase. Mathilda sprang auf einen Sessel. »Auf uns und den Zufall«, sagte Jens. »Na, dann erzählen Sie mal, liebe Helga. Warum ist Ihr Weihnachtsfest kein frohes Fest?«

»Wie kommen Sie denn darauf?«, fragte sie entrüstet.

»Na, da muss man kein Experte sein. Haben Sie schon einmal in den Spiegel geschaut. Ihr Gesicht spricht Bände. Es sieht sofort jeder, dass bei Ihnen etwas nicht stimmt.«

Helga griff nach ihrer Handtasche und ging in die Diele zurück. »Wo ist die Toilette«, fragte sie. Klaus war ebenfalls aufgestanden. Er folgte ihr.

»Nein, die Tür nicht«, rief Jens und stellte sich ihr in den Weg. »Diese!« Er öffnete die Tür zur Gästetoilette.

Sie erschrak beim Anblick ihres Spiegelbildes. Lippenstift und Augen Make-up hatte sie über ihr ganzes Gesicht verteilt. Sie hielt Ausschau nach Abschminktüchern. Aber dieses feminine Detail fand sie in diesem Bad nicht. Mit angefeuchteten Papiertaschentüchern korrigierte sie ihr Aussehen.

Helga pustete auf den Glühwein und nippte vorsichtig. Wer ist dieser Mann? Sympathisch ist er ja. Einige Jährchen jünger als ich. Bin ich heute Abend seine gute Tat? Hat das Schicksal seine Finger im Spiel?

»Wollen Sie mir erzählen, was los ist?«, fragte Jens und lächelte sie an.

Eine seltsame Vertrautheit verband sie mit diesem Jens Jensen, als sie erzählt hatte, was ihr zuhause widerfahren war. »Klaus ist ein Schwein«, beendete sie ihren Bericht.

Jens hatte schweigend zugehört. »Noch einen«, fragte er und hielt seinen leeren Glühweinbecher hoch. Helga schüttelte den Kopf.

»Das lassen Sie sich aber nicht gefallen, oder? Das schreit ja fast nach Rache. Oder glauben Sie, dass Ihre alte Liebe eine Chance hat?«

»Nein, den Tag über habe ich gehofft, aber jetzt glaube ich es nicht mehr. Ich bin meilenweit von einem Neuanfang mit meinem Mann entfernt.«

»Also Rache,« sagte Jens. »Aber wie?«

Jens stellte zwei schwere Reisetaschen auf die Rückbank seines Autos und Mathilda sprang in die Hundebox. Dann schaltete er die Weihnachtsbeleuchtung am Haus aus. »So pompöser Lichterglanz ist nicht nötig, wenn der Hausherr ihn nicht sehen kann«, sagte er. Der Vorgarten lag jetzt in tiefer Dunkelheit. Nur eine funzelige Gartenlaterne spendete einen Hauch von Licht.

Helga wusste gar nicht, wo sie sich befand, da sie ziellos umhergefahren war. Sie aktivierte das Navi und drückte auf zuhause. Dreiunddreißig Kilometer bis zum Ziel las sie. Sie war zwischen Ocholt und Apen. Jens startete seinen Wagen und fuhr hinter ihr her. Sie erreichte die Wohnstraße in Oldenburg, in der sie bis heute mit Klaus gewohnt hatte. Sie bremste ab und rollte langsam an ihrem Haus vorbei und bog um die nächste Ecke. Dort parkte sie am Straßenrand. Jens stellte seinen Wagen hinter ihrem ab. Beide stiegen aus und standen auf dem Gehweg.

»Das ist es«, sagte Helga und wies auf ihr einst trautes Heim.

»Hast du das alles so herrlich geschmückt?«, fragte Jens. »Ich steh auf so übertriebenen Lichterglanz.«

»Klaus auch nicht«, antwortete sie. »Aber da waren wir immer schon anderer Meinung. Im Haus ist es nicht so weihnachtlich dekoriert, aber die Vorgartenbeleuchtung lass ich mir von ihm nicht vermiesen.« Im Wohnzimmer brannte Licht. Vorsichtig und leise gingen beide im Schatten der Hecke die Garagenauffahrt hoch. Helga schloss das Gartentor auf. Durch die großen Wohnzimmerscheiben erblickten sie Anna-Lena und Klaus.

»Da ist das Schwein mit seinem Flittchen.« Angewidert sah Helga weg. »Schau dir mal die Dessous an«, sagte sie. »So was Billiges hab ich lange nicht gesehen.« Sie erkannte darin ein BH-Modell, das sie auch anprobiert hatte. »Und Klaus in diesem Nichts von einem Stringtanga, widerlich. Sie haben noch nicht einmal den Anstand die Vorhänge zuzuziehen. Sie treiben es gleich hier vor meinen Augen«, sagte Helga.

»Pscht«, machte Jens und legte seinen Zeigefinger auf die geschlossenen Lippen »Warum sollten sie die Gardinen zuziehen? Außer uns kann niemand Zuschauer sein.«

»Ich will das jetzt nicht mehr länger ansehen. Komm, los, geh da jetzt rein. Hier ist der Hausschlüssel.« Oh Gott, dachte Helga. Diese beiden halbnackten Verliebten bewegten sich eng umschlungen tanzend durch den Raum. Wie ekelig.

»Komm, setz dich jetzt in dein Auto und warte auf mich. Ich werde ihnen den verabredeten Schrecken einjagen. Versprich mir, dass Du im Wagen sitzen bleibst.«

Helga nickte. Ihr war so elend zumute und dann empfand sie wieder diese kribbelnde Energie, wenn sie an Jens dachte. So ein Geschenk bekommt man nicht alle Tage. Jens ist mein Weihnachtsgeschenk.

Die Zeit wurde lang. Helga sah auf die Uhr. Wenn Jens in fünf Minuten nicht wieder da ist, werde ich mal nachsehen, entschied sie. Kurz darauf bemerkt sie einen Schatten im Rückspiegel ihres Autos. Jens öffnete die Kofferraumhaube und hievte etwas hinein und kam auf ihren Wagen zu. Leise setzte er sich auf den Beifahrersitz neben Helga.

»Lass deinen Wagen hier stehen. Wir fahren mit meinem. Ich bringe dich in dein Ferienhaus.« Er hielt ihr die Hausschlüssel wieder hin. Ohne zu überlegen, stieg sie bei ihm ein und sie fuhren durch die kalte Nacht der Nordsee entgegen. Lange Zeit schwiegen sie beide. Gut hundert Kilometer hatte Helga jetzt Zeit darüber nachzudenken, wie die Nacht weitergehen sollte. Kurz vor Varel war sie sich sicher, dass Jens ihr Weihnachtsgeschenk war. In Esens angekommen, hatte sie sich entschlossen, ihn mit in ihr

Ferienhaus hineinzubitten. Und als sie in Neßmersiel ins Haus eintrat, die Heizkörper andrehte und die Kerzen im Wohnzimmer anzündete, war sie sich sicher, dass sie mit ihm schlafen würde. Somit hatte sie die Dessous nicht umsonst gekauft. Diese Nacht endete so, wie sie sie geplant hatte, nur nicht mit Klaus. Das war der Part ihrer Rache. Und es war eine Liebesnacht, wie sie nie zuvor eine erlebt hatte.

Der nächste Morgen brachte eine Überraschung. Das Bett neben ihr war leer. Die Wolldecke auf dem Sofa, auf dem Mathilda in der Nacht geschlafen hatte, war verlassen. Jens und sein Hund waren verschwunden. Sie riss die Haustür auf und zarte Schneeflocken wirbelte herein. Auf dem Parkplatz vor der Garage stand kein Auto. Spuren im Schnee waren keine zu sehen. Das konnte nur bedeuten, Jens war zurückgefahren, bevor der Schneefall in der Nacht eingesetzt hatte. Eine angenehme Müdigkeit umhüllte sie. Sie ging ins Schlafzimmer zurück und kuschelte sich wieder in die weiche Zudecke ein und schlief weiter. Sie wollte nicht nachdenken und den Genuss der letzten Stunden noch lange nachklingen lassen. Ich weiß, wo du wohnst, mein lieber Jens. Ich werde dich besuchen, dachte sie.

Ein wenig Kleidung hatte sie immer im Ferienhaus deponiert, falls sie mal spontan ein Wochenende dort verbrachten. Sie zog einen dicken Pulli und Jeans an und schlüpfte mit handgestrickten Wollstrümpfen in die Gummistiefel. Der Schneefall hatte zugenommen und was gibt es Schöneres als einen Schneespaziergang an der Nordseeküste? Das Meer war kabbelig und der Wind wehte mäßig. Es war sehr kalt. Durchgefroren von ihrem Weihnachtsspaziergang näherte sie sich dem Ferienhaus. Ein Streifenwagen parkte vor ihrem Haus stehen. Die Beamten schienen auf sie gewartet zu haben. »Moin, *Frohe Weihnachten*, Helga«, stammelte Henner Ottensen »Ich hatte keine Ahnung, dass du die Feiertage hier oben verbringen wolltest.« Seine junge Kollegin nuschelte auch einen Weihnachtsgruß.

»Kommt rein, ebenfalls ein frohes Fest. Ich mach uns einen Kaffee. Ich wusste bis gestern auch noch nicht, dass ich Weihnachten an der Nordseeküste verbringen würde.«

Henner hielt seine kalten geröteten Hände an den warmen Kaffeebecher. »Also, ich weiß nicht so recht, wie ich es dir sagen soll, meine liebe Helga«, flüsterte er und schluckte. »Bei euch zuhause ist etwas passiert. Wollte Klaus heute auch zur Küste hochkommen?« Helga überlegte kurz. Klaus hatte den kleinen Überfall sicher gemeldet. Und sie musste so tun, als wüsste sie von nichts.

»Was ist los?« Sie sah auf ihre Uhr. »Klaus kommt bestimmt gleich, er hatte noch etwas Wichtiges zu erledigen. Du kennst ihn ja. Die Arbeit geht immer vor auch an Weihnachten«, sagte sie. »Wir wollen morgen rüber nach Baltrum. Ein paar Tage auf die Insel.«

»Helga«, Henner zögerte. »Klaus wird nicht kommen. Klaus ist tot.« Jetzt war es raus. Henner war erleichtert.

»Das, das, das kann nicht sein«, stammelte sie. »Als ich gestern Abend los bin, war er noch gesund und munter. Später, so gegen halb elf, haben wir kurz miteinander telefoniert. Ich bin schon mal vorgefahren. Er wollte heute, wenn er ausgeschlafen hat nachkommen.«

»Ja, jetzt ist er aber tot. Er hat einen Einbrecher überrascht und der … Na, ja. Auf jeden Fall sind sie gewaltsam gestorben.«

»Henner, wer ist sie. Warum sprichst du im Plural?« Sie drehte sich weg. »Ich muss nach Hause«, sagte Helga. »Kannst du mich nach Norden zum Bahnhof bringen? Ich fahre lieber mit dem Zug. Das Winterwetter wird mir auf der Fahrt zu schaffen machen und außerdem geht es mir gerade nicht so gut.«

Henner nickte. Er nahm sein Telefon zur Hand. »Ich sag meinen Kollegen in Oldenburg, dass du kommst.«

Helga versperrte das Haus, ließ die Rollläden herunter, überprüfte, ob die Kerzen alle gelöscht waren. Sie warf einem Blick ins Schlafzimmer und trat an das Bett und drückte das Kopfkissen, auf dem Jens gelegen hatte, fest an ihr Gesicht. Jil Sander for men, dachte sie. Sie liebte diesen Geruch. Gleichzeitig lief ihr ein Schauer über den Rücken. Sie schloss die Augen. Hatte sie mit dem Mörder von Klaus geschlafen?

Die Polizei war bereits wieder abgerückt. Das Haus war versiegelt. Sie stieg in ihren Wagen und aktivierte das Navi. Ihr vorletzter Stopp war gespeichert. Sie wusste, wo sie diesen Jens Jensen finden würde. Die Polizei hatte ihr mitgeteilt, dass sie ins Kommissariat kommen und sich anschließend ein Hotelzimmer nehmen sollte, wenn sie niemanden hatte, bei dem sie vorerst würde übernachten können.

Streufahrzeuge hatten dafür gesorgt, dass die Straßen frei waren. Immer wieder sah Helga auf das Navi. Noch vier Kilometer. Sie erkannte die Gegend nicht wieder. Noch zwei Kilometer. An Bad Zwischenahn war sie längst vorbei und Ocholt hatte sie auch rechts liegen lassen. Dann sah sie schon von weitem Polizeiwagen am Straßenrand parken. Sie standen vor dem Haus, in dem sie in der vergangenen Nacht einen Glühwein mit Jens getrunken hatte. Sie fuhr auf den gegenüberliegenden Parkplatz und überquerte die Straße und ging auf das alleinstehende Gebäude zu.

»Was ist denn hier los«, fragte sie einen Mann, der am unteren Ende der Einfahrt stand. »Ich wollte zu Jens Jensen.«

»Hier gibt es keinen Jens Jensen«, sagte der Mann. »Wer soll das sein? Hier ist eingebrochen worden. Den alten Olsen hat es erwischt. Ich wollte ihm ein frohes Fest wünschen, aber er hat mir nicht geöffnet. Da er schon recht klapprig auf den Beinen ist, hab ich lieber mal die Polizei gerufen. Eingesperrt hat man ihn in die Vorratskammer, direkt neben der Gästetoilette.«

»Und was ist mit dem alten Olsen passiert?«, fragte Helga.

Der Mann zuckte nur die Schultern. »Raubmord. Was sonst?«

Helga wurde schwindelig und wankte zu ihrem Auto zurück. Ein Leichenwagen näherte sich dem Haus. Er parkte vor dem kleinen weihnachtlich geschmückten Haus. Elche grasten im Vorgarten und Lichterketten säumten beidseitig den Weg bis zur Haustür.

(Erstveröffentlichung im Buch: Weihnachten, lustig und kriminell, Band 2, 2017)

Wo ist nur der Rentierschlitten?

Der graue, wolkenverhangene Himmel wurde eins mit der verschneiten Erde. Dieser Wintereinbruch kam genau zum richtigen Zeitpunkt, obwohl die Meteorologen keine weiße Weihnacht prognostiziert hatten. Die Landschaft war von einer dicken Schneeschicht bedeckt. Die Zweige der Tannen bogen sich unter der weißen Last. Stimmungsvoller konnte das bevorstehende Weihnachtsfest nicht beginnen.

Es hatte wieder angefangen zu schneien. Nur wenige Autos kamen uns entgegen. Sie fuhren langsam und vorsichtig. Die Flocken wirbelten im Scheinwerferlicht. Die Scheibenwischer meines Wagens kämpften mit dem weißen Niederschlag. Der Schneepflug hatte die Straßen teilweise von Schnee und Matsch befreit und jede Menge Salz verstreut. zu meinem Gut eine Stunde Fahrzeit über Land lag noch vor mir, bis ich das Haus meiner Eltern erreichen würde. Die Vorfreude auf die Weihnachtsfeiertage mit meiner Familie stieg. Ich hatte geplant, die Festtage dort zu verbringen, und stellte mir vor, wie sich meine Mutter und mein Vater auf ihren fünfjährigen Enkel freuten. Sie wechselten sich sicher ab und schauten alle fünf Minuten aus dem Erkerfenster, von dem aus sie die Straße perfekt überblicken konnten und hielten nach uns Ausschau.

»Es gibt nichts Schöneres, als sein Enkelkind beim Auspacken der Geschenke zu beobachten«, hatte mein Vater gesagt. »Ich freue mich ja so auf euch.«

Tim thronte in seinem Kindersitz auf der Rückbank und fieberte der Schneeballschlacht entgegen, die Oma ihm versprochen hatte, als er am gestrigen Abend mit ihr telefoniert hatte.

»Ist es noch hell, wenn wir bei Oma und Opa ankommen? Meinst du, der Opa baut heute Abend direkt einen Schneemann mit mir?«, fragte Tim. »Ich brauche unbedingt eine Möhre, für die Nase«, überlegte mein Sohn. »Ob Oma einen alten Besen und eine Hut für mich hat?«

Die CD mit weihnachtlichen Kinderliedern hatten wir bisher dreimal gehört und ich schaltete das Radio ein. Die Nachrichten waren beendet und die Staumeldungen von gigantischer Länge beherrschten die Sendezeit. Viele Weihnachtsurlauber waren auf den bundesdeutschen Autobahnen unterwegs. Die meisten hatten das Ziel, pünktlich zum Heiligen Abend zu Hause oder in ihrem Urlaubsort ankommen. Nicht alle Verkehrsteilnehmer waren diesem Winterwetter gewachsen. Einige Unverbesserliche wagten sich mit Sommerreifen in den Verkehr. Ich hatte keine Angst vor den weißen Flocken und mit dem allradangetriebenen, winterfesten Auto genoss ich die Fahrt. Aber ich war froh, die Autobahn verlassen zu haben. Die winterliche Idylle jenseits von Autolawinen verstärkte meine Weihnachtsstimmung.

»Mama, darf ich singen.« Ich stellte das Radio wieder aus. Tim stimmte die Melodie an, die ich mittlerweile nicht mehr hören konnte. Der Ohrwurm von der Weihnachtsbäckerei verfolgte mich in den letzten Tagen bis in den Traum.

»Lass uns etwas anderes singen«, schlug ich vor. »Kennst du das Lied vom Weihnachtsmann?«, fragte ich.

»Ja, klar, das hat der Opa von Sören mit uns gesungen. Das kann ich.«

Morgen kommt der Weihnachtsmann

Kommt mit seinen Gaben.

Trommel, Pfeife und Gewehr

Fahn und Säbel und noch mehr.

Ja, ein ganzes Kriegesheer

Möchte ich gerne haben.

Tim traf die Töne perfekt und ich freute mich sehr über seine fröhliche, klare Stimme. Doch der Text? Ich hatte nicht damit gerechnet, dass er das Lied von *Hoffmann von Fallersleben* im Originaltext singen würde.

»Das hat der Opa von Sören mit euch gesungen?«, fragte ich entrüstet. »Der Liedtext gefällt mir aber gar nicht«, sagte ich.

»Mir auch nicht«, bestätigte mein Sohn. »Ich wünsche mir keine Trommel und keine Pfeife vom Weihnachtsmann. Ich wünsche mir nur eine Pistole und ein Schwert.«

Ich sah in den Rückspiegel und der gestreckte Zeigefinger meines Kleinen war auf die Frontscheibe gerichtet und zischende Schusslaute verließen seinen Mund. Ich duckte mich weg. Was er mit einer Pistole anfangen wollte, hatte er mir eindrucksvoll demonstriert. Also fragte ich nur nach der Verwendungsmöglichkeit eines Schwertes.

»Damit kämpfe ich«, rief er und vollzog wirbelnde Bewegungen mit seinem rechten Arm. Ich lehnte jede Form der kriegerischen Auseinandersetzung ab und hatte mich stets bemüht, meinen Sohn zu Gewaltfreiheit zu erziehen. Ein Nachmittag bei Sörens Opa schien meine komplette Erziehung infrage zu stellen. Das würde ich später klären.

Aus dem Augenwinkel nahm ich am Straßenrand eine Bewegung wahr. Mein Sohn hatte sie ebenfalls bemerkt.

»Mama, halt an!«, rief er, »da steht der Weihnachtsmann.«

Eine mäßige Geschwindigkeit und die ständige Bremsbereitschaft brachten mein Auto schnell zum Stehen, ohne zu rutschen oder zu schleudern. Wir waren an dem Weihnachtsmann vorbeigefahren und ich sah im Seitenspiegel den winkenden Freund der Kinder auf unser Auto zulaufen. Ich kurbelte die Scheibe ein kleines Stück herunter. Schnee drängte sich in das Autoinnere.

»Hallo«, sagte der Mann außer Atmen. »Können Sie mich mitnehmen?«

»Der Weihnachtsmann, der Weihnachtsmann«, jubelte Tim. »Wir nehmen den Weihnachtsmann mit«, rief er erfreut.

»Hat Ihr Rentierschlitten eine Panne?«, fragte ich.

»Ja, so kann man das auch nennen. Was ist jetzt, nehmen Sie mich mit?«

»Sie haben ja gehört, was mein Sohn gesagt hat«, antwortete ich und lachte. »Steigen Sie ein.«

Der Mann ging um den Wagen herum auf die Beifahrerseite, klopfte sich den Schnee von seinem roten Mantel und öffnete die Beifahrertür. Er stellte seinen schweren Sack in den Fußraum und dann stieg er hinten ein. Seine schwarzen Stiefel schlug er gegeneinander und löste die Schneeplatten von seinen Sohlen.

Ich sah diese Weihnachtsmann-Taxi-Aktion als eine hervorragende Möglichkeit an, meinen Sohn im Gespräch mit dem Weihnachtsmann davon zu überzeugen, dass Pistolen und Schwerter keine angemessenen Weihnachtsgeschenke sind.

Tim plapperte sofort drauflos und stellte die Fragen, die ihm in Bezug auf unseren weihnachtlichen Fahrgast einfielen.

»Wo sind deine Engel? Wo hast du die Rentiere angebunden? Wo gehst du hin? Wo ist dein Knecht Ruprecht? Besuchst du nur die artigen Kinder?« Tim kannte überhaupt keine Scheu. Der Weihnachtsmann aber schwieg.

»Lieber Weihnachtsmann, wo möchten Sie denn hin? Wo darf ich Sie wieder absetzen?«, fragte ich. Und Tim ermahnte ich, den guten Mann nicht so aufdringlich mit Fragen zu löchern. »Es ist sehr kalt draußen. Der Weihnachtsmann muss sich zuerst einmal etwas aufwärmen«, sagte ich. »Außerdem haben wir uns noch gar nicht vorgestellt. Das ist mein Sohn Tim und ich bin Karin Schulze.«

»Und ich bin der Weihnachtsmann, wie man sieht.«

»Tim hat zu Weihnachten zwei seltsame Wünsche. Er wünscht sich eine Pistole und ein Schwert. Ich gehe davon aus, dass Sie solche Geschenke nicht in Ihrem braunen Sack haben, lieber Weihnachtsmann«, lenkte ich das Gespräch auf das Problem, das ich mittels meines Fahrgastes lösen wollte. Ich sah in den Rückspiegel. Tim hatte vor Aufregung gerötete Wangen und starrte den Weihnachtsmann begeistert und erwartungsvoll an. Dieser hielt seinen Kopf gesenkt und hatte die Kapuze tief ins Gesicht gezogen. Sein Bart war nicht weiß, sondern dunkelbraun und schien echt zu sein.

»Ich sag Ihnen Bescheid, wann Sie anhalten sollen«, nuschelte er.

»Magst du einen Spekulatius?«, fragte Tim und hielt seinem Sitznachbarn ein Plätzchen entgegen. Zwei grunzende Laute und das Schütteln des Kopfes ließen auf eine Ablehnung schließen.

»Hast du meine Geschenke auch dabei?«, fragte Tim neugierig. »Ich war im Kindergarten immer lieb und ich kann auch ein Gedicht. Soll ich ein Lied singen?«

Es beschlich mich plötzlich ein unangenehmes Gefühl. Welch komischen Kauz hab ich da nur mitgenommen? So einem verschwiegenen Weihnachtsmann war ich bisher nicht begegnet. Der eignet sich nur für eine Firmenweihnachtsfeier mit vorgefertigtem Text. Vielleicht ist er eines dieser Exemplare, die durch die Fußgängerzone schleichen, um das Stadtbild weihnachtlicher erscheinen zu lassen. Aber was macht der hier in dieser Einöde?

»An der nächsten Kreuzung steigen Sie bitte wieder aus«, forderte ich den Mann auf. »Dort wohnen bestimmt liebe Kinder, die schon sehnsüchtig auf Ihren Besuch warten.«

Ich beschleunigte und fuhr so schnell, wie es die winterliche Straßensituation erlaubte. Am liebsten hätte ich angehalten und geschrien: »Raus! Sofort! Sehen Sie zu, dass Sie Land gewinnen!« Aber dann hätte ich zwei Probleme. Erstens müsste ich meinem Sohn die Wünsche nach Kriegsmaterial selbst ausreden und zweitens stand ich vor dem Dilemma, ihm zu erklären, warum ich den Weihnachtsmann rausgeworfen hatte.

»Gibst du mir mein Weihnachtsgeschenk, wenn du gleich aussteigst?«, fragte mein Sohn.

»Nein, ich habe kein Schwert in meinem Sack. Es gibt keine Schwerter zu Weihnachten. Das ist nichts für kleine Kinder.«

Die Worte hatte er barsch und laut gesprochen. Eingeschüchtert suchte mein Sohn im Rückspiegel mit mir einen Blickkontakt.

»Wir sind gleich da. Machen Sie sich bereit auszusteigen.«

»Sie werden an der nächsten Kreuzung rechts abbiegen«, sagte der Weihnachtsmann. »Und dann fahren sie geradeaus. Ich sage Ihnen, wo und wann Sie anhalten sollen. Ihr werdet sehen, wo ich meine Rentiere geparkt habe.«

Ich erstarrte, krallte mich an meinem Lenkrad fest.

»Du darfst sie einmal streicheln, wenn du magst«, sagte der Weihnachtsmann zu Tim. Diesmal klang seine Stimme etwas freundlicher als die Befehle, die er mir erteilt hatte.

Tim lächelte. »Wenn du gleich aussteigst, gibst du mir dann die Pistole?«, fragte er. »Eigentlich wünsche ich mir nur so eine schwarze Pistole, so eine wie die da.«

Ohne eine zweite Aufforderung setzte ich den Blinker und entfernte mich Kilometer um Kilometer von meiner ursprünglichen Fahrtroute. Die Angst schnürte mir die Kehle zu. Meine Finger klammerten sich um das Lenkrad, dass die Knöchel auf meiner Hand weiß hervortraten. Wie in Trance lenkte ich das Auto über die winterliche Straße. Wenig später sah ich ein blauweißes Hinweisschild, das zu einem Wanderparkplatz führte. Teilweise war es mit Schnee bedeckt.

»Fahren Sie auf den Parkplatz!«, bekam ich einen Befehl von der Rückbank meines Wagens. Mein Sohn plapperte immer noch unbefangen und munter. Der Mann in Rot schien ihn nicht zu beachten, denn er antwortete ihm nicht. Ich hoffte, dass der kriminelle Weihnachtsmann, den ich im Rückspiegel sehen, aber nicht identifizieren konnte, ein Herz für Kinder hatte. Ich setzte den Blinker und fuhr in die Einfahrt zum Parkplatz. Abrupt verlangsamte sich mein Fortkommen, nicht nur weil ich bremste. Der Weg war von einer dicken Schneeschicht bedeckt und meine Reifenspuren waren die ersten. Hilfe würde ich auf diesem Parkareal keine bekommen.

»Halten Sie an und steigen Sie aus!«

»Sind wir da?«, fragte Tim. »Zeigst du mir jetzt deinen Rentierschlitten?« Er klatschte vergnügt in seine kleinen Hände.

Ich richtete ein entschlossenes *Nein* an den Weihnachtsmann. »Zuerst steigt mein Sohn aus.« Mir klopfte das Herz bis zum Hals. Wie würde er auf diese Widerrede reagieren?

Er beugte sich zur Seite und löste den Sicherheitsgurt am Kindersitz. Ich drückte auf den Knopf zur Entriegelung der Kindersicherung.

»Steig aus! Bis zum Rentierschlitten ist es jetzt nicht mehr weit. Wir gehen zu Fuß weiter«, sagte der Weihnachtsmann.

Tim kletterte von seinem Kindersitz herunter und öffnete die Tür. Kalte Luft drang in das Innere des Wagens und die Schneeflocken, die auf die Autositze fielen, schmolzen sofort. Der Weihnachtsmann reichte Tim den Anorak. Ich griff die Daunenjacke vom Beifahrersitz, meine Handtasche und eilte zu meinem Sohn. Die in Rot gekleidete Gestalt stand jetzt neben mir.

»Dein Handy und die Autoschlüssel«, sagte er und hielt mir seine geöffnete Hand entgegen. Während ich Tim den Reißverschluss an seiner Jacke hochzog, heulte der Motor auf und wir schauten den roten Rücklichtern meines Autos hinterher, die nach wenigen Sekunden im Gewimmel der Schneeflocken verschwunden waren.

»Wo ist jetzt der Rentierschlitten?«, fragte Tim.

»Wir werden ihn sicher gleich finden«, versicherte ich ihm. »Der Weihnachtsmann bekam einen Eilauftrag und er hat sich unseren Wagen ausgeliehen«, sagte ich. Jetzt entschuldigte ich gerade dieses kriminelle Subjekt bei meinem Sohn, welches meinen Wagen gestohlen und uns bei dieser Kälte und dem zunehmenden Schneefall rücksichtslos auf einem Parkplatz ausgesetzt hatte. Aber ich war froh, dass wir frei waren. Wir stapften los. Ich in der Hoffnung, bald auf Hilfe zu treffen und Tim in der Erwartung, endlich einmal den Rentierschlitten des Weihnachtsmanns aus der Nähe sehen zu dürfen. Noch freute er sich darauf, gleich die Rentiere streicheln zu dürfen.

Durchgefroren und müde erreichten wir zu Fuß ein Gebäude, das erste einer Siedlung. Es war mittlerweile stockdunkel. Durch die Wohnzimmerscheibe erstrahlte ein
Weihnachtsbaum in hellem Glanz. Meinen erschöpften
Sohn hinter mir herziehend, den ich streckenweise getragen
hatte, gingen wir durch einen verschneiten, weihnachtlich
geschmückten Vorgarten. Ich schellte. Ein älterer Herr öffnete uns die Tür. Der Duft von Bratäpfeln und Zimt empfing uns und wohltuende Wärme schlug uns entgegen.

»Frohe Weihnachten«, sagte der Hausherr und sah uns
erstaunt an.

»Wir können die Rentiere und den Schlitten vom Weihnachtsmann nicht finden«, sagte mein Sohn weinerlich.

»Frohe Weihnachten«, antwortete ich erschöpft, »rufen Sie
bitte die Polizei.«

*(Erstveröffentlichung im Buch: Weihnachten, lustig und kriminell,
Band 1, 2015)*

Zeit bis Heilige Drei Könige

Der Dom Sankt Peter zu Worms reckte sich steil in den herbstlichen Himmel. Corinna schlenderte über den Domplatz. Sie blickte auf ihre Uhr. Zeit genug, schnell einen Espresso zu trinken. Oder?

Sie entschied sich dagegen. Möglich, dass ich bei meinem Hairstylisten früher an die Reihe komme, dachte sie und strebte dem Neumarkt zu. Außerdem schmeckte der Kaffee beim Friseur auch ganz passabel.

Kunstvoll gestaltete Hochglanzmagazine lagen in der Wartezone bereit. Weihnachtliche Dekorationsvorschläge und Rezeptkreationen dominierten die Illustrierte. Bevor sie die Zeitschrift wieder aus der Hand legte, fiel ihr Blick auf die Rubrik: CALLBOY-Kleinanzeigen. Sie schaute auf. Keine weitere Kundin saß neben ihr. Niemand würde vermuten, auf welchen Artikel sie ihren Fokus richtete. Sie schlug das Magazin erneut auf: Der Nikolaus hat noch Termine frei, stach ihr fettgedruckt ins Auge. Heiliger Nikolaus mit Erfahrung (hochwertige Verkleidung) kommt zu Ihnen, auf Wunsch mit Engeln und Knecht Ruprecht. Bei Interesse bitte anrufen.

Dass dieses kein Angebot war, den lieben Kleinen die Stiefel zu füllen, die sie am Nikolausabend vor die Tür stellten, war eindeutig. Dieser Nikolaus mit Gefolge würde seinen Auftritt nicht im familiären Kreis einer christlichen Familie haben und aus dem Goldenen Buch vorlesen. Corinna sah einen Nikolaus vor sich, der nicht dem typischen Erscheinungsbild rote Nase, wuscheliger Bart, klein und rund mit dickem Bauch und schlurfendem Gang, entsprach. Der Nikolaus in ihrer Fantasie sah anders aus. Er glich einem verführerischen jungen Mann: groß, schlank, durchtrainiert, mit einem Waschbrettbauch. Er lehnte, in seinem roten Kostüm, die Kordel seines weiten Mantels eng um die Taille gezogen, an einem Kaminsims. Corinna dachte gleich an Nathalie, ihre beste Freundin, seit Jahren Single und ab und zu in Sachen Männern auf Partys unterwegs. Nathalie konnte sich nicht auf einen Mann festlegen. Sie behauptete immer, für eine Partnerschaft nicht geschaffen zu sein.

Corinna schaute sich um, wollte nicht ertappt werden. Heimlich, ohne ein Geräusch zu verursachen, trennte sie die Seite mit der Anzeige aus der Zeitschrift heraus. Das letzte Ratschen ging im Surren eines eingeschalteten Föhns unter. Das wäre ein Geschenk für Nathalie, überlegte sie.

Dieses Nikolausgeschenk wäre absolut persönlich und genial, dachte Corinna und freute sich über ihre gute Idee. Verstohlen faltete sie das Blatt zusammen und ließ es in ihrer Handtasche verschwinden. Damit konnte sie eine Position auf ihrer adventlichen To-do-Liste abstreichen.

Sie verließ den Friseur, mit dem versprochenen *Ich-seh-gut-aus-Gefühl* und superguter Laune.

Corinna hatte sich mit Nathalie für den Nikolausabend verabredet. Sie besuchten den Wormser Weihnachtsmarkt, tauchten ab in das romantische Flair des Obermarktes und schlenderten durch die kleine Budenstadt bis hin zum Lutherplatz. Sie erfreuten sich an der festlichen Weihnachtsbeleuchtung, betrachteten die dargebotenen Kunstwerke, den

Weihnachtsschmuck, passierten die lebende Krippe und strebten dem Glühweinstand zu. Mit einem Glas Glühwein eröffneten sie hier ihre persönliche Weihnachtszeit. Die Besuchermassen waren riesig. Am Glühweinstand war der Andrang groß. Sie standen zwanzig Minuten in der Schlange, um endlich ein Glas dieses köstlichen Getränks in der Hand zu halten. Corinna sah heimlich auf die Uhr. Lange dürften sie den Besuch auf dem Weihnachtsmarkt nicht ausdehnen. Sie musste Nathalie pünktlich vor ihrem Haus absetzen, so hatte sie es mit Victor, dem attraktiven Nikolaus, vereinbart. Nathalie war es zu voll, außerdem hatten sie keinen einzigen Bekannten getroffen.

»Ich hab den Eindruck, heute sind viele Touristen unter den Weihnachtsmarktbesuchern«, sagte sie. »Mir reichen der Geruch von gerösteten Mandeln, Eierpunsch, Glühwein und Bratwurst, das Gedudel von Weihnachtsliedern und das Gebimmel des Kinderkarussells. Wie ist es? Trinken wir bei mir noch einen Schluck Rotwein, gemütlich vor dem Kamin? Das ist besser als sich hier durch die Massen zu bewegen«, schlug Nathalie vor. »Hörst du mir überhaupt zu? Warum schaust du ständig auf deine Uhr, hast du heute noch was vor?«, fuhr sie leicht genervt fort.

Ich habe heute nichts mehr vor, aber du, dachte Corinna und grinste zufrieden mit einem leichten Lächeln auf dem Gesicht. »Nein, nein, alles gut«, sagte sie. »Ich bin nur unheimlich müde. Lass uns das Gläschen Rotwein am nächsten Wochenende trinken. Ich hoffe nicht, dass ich mir einen Infekt eingefangen habe.« Vor Nathalies Haus verabschiedeten sie sich voneinander.

Corinna ging weiter die Straße entlang zu ihrer Wohnung. Sie ließ sich auf ihr Sofa fallen und wartete. Sie war sich sicher, sobald sich Victor, ihr Nikolausgeschenk für Nathalie, verabschiedet hatte, würde diese sich bei ihr melden. Bis zehn hatte sie ihn bezahlt. Jetzt war es erst kurz vor neun.

Viktor hatte einen vertrauensvollen Eindruck auf sie gemacht. Als Student verdiente er sich in der Adventszeit etwas dazu, indem er als Weihnachtsmann arbeitete. Die Besuche bei Kindern sind nicht lukrativ genug, hatte er Corinna erzählt. Seine Einsatzmöglichkeit bei Damen sei einerseits angenehmer und spaßiger und die Kasse stimme auch. Für ihn mache es kein Unterschied, ob er nach einem Discobesuch ein Mädel abschleppte oder als Auftragsnikolaus Freude bereiten würde. Außerdem reize ihn die schauspielerische Herausforderung. Er warf einen Blick auf das Foto von Nathalie: „Hübsch, hübsch und dann noch Single?", war sein Kommentar und er nahm den Schlüssel von Nathalies Wohnung entgegen. Eines seiner Prinzipien war, seinen Kundinnen nie in deren eigenen vier Wänden zu begegnen. Er arrangierte immer Treffen an neutralen Orten. Aber jetzt machte er eine Ausnahme. In seiner Laufbahn als Nikolaus war es bisher nicht vorgekommen, dass eine Frau ihn für ihre beste Freundin engagiert hatte.

Das Telefon klingelte. Corinna sprang vom Sofa, ergriff hastig den Hörer. »Hallo!«, brüllte sie.

»Nathalie hier! Hast du Zeit? Ich brauche deine Hilfe.« Ihre Stimme klang komisch, fremd.

»Was, was ist los? Geht es dir gut?«, stotterte Corinna.

»Ja, ja, ich bin okay. Aber wenn ich dir erzähle, was passiert ist. Du wirst es nicht glauben. Wie es aussieht, habe ich gerade den Nikolaus umgebracht.«

»Du hast was?«, rief Corinna. »Den Nikolaus umgebracht? Fass nichts an, ich komme sofort.« Sie zog ihre Stiefel an, griff den Mantel von der Garderobe, den Hausschlüssel und rannte los. Es hatte leicht angefangen zu schneien. Sie schlug den Mantelkragen hoch. Weit war es nicht bis zum Haus ihrer Freundin. Sie würde nur ein paar Minuten brauchen. Nathalie stand in der Haustür und erwartete sie.

»Wo ist er?«, fragte Corinna aufgeregt.

»Vor dem Regal mit der Musikanlage.«

Corinna riss ihre Augen auf und ihre rechte Hand schnellte zum Mund, um den beginnenden Aufschrei zu unterdrücken. Sie gab unartikulierte Laute von sich.

Die beiden Freundinnen standen fassungslos vor dem Nikolaus, der auf dem Parkettboden lag. Die Kapuze war verrutscht und gab ein makelloses Männergesicht mit einem Dreitagebart frei. Auf dem hellen Holzboden hatte sich eine dunkle Blutlache gebildet. Der rote weite Mantel klaffte auseinander. Der Nikolaus war nackt bis auf seine schwarzen Lederstiefel.

»Er ist tot. Ich habe es überprüft«, sagte Nathalie.

»Wir müssen die Polizei rufen«, rief Corinna aufgeregt.

»Wir sollten nicht vorschnell handeln«, entgegnete Nathalie. »Ich hab keine Ahnung, wie er hier hereingekommen ist. Es ist nichts gestohlen worden. Es ist nichts zerstört. Wie soll ich den Polizeibeamten erklären, warum er nackt unter seinem Kostüm ist. Irgendetwas sträubt sich in mir, zu glauben, dass er mich vergewaltigen oder ausrauben wollte.«

»Wie hast du ihn …«, deutete Corinna die Frage nach der Tatwaffe an.

»Als ich ins Haus kam, war im Wohnzimmer Licht. Die Tür stand einen Spalt auf. Ich habe leise meine Schuhe abgestreift, den Golfschläger aus dem Bag gezogen, das ich Gott sei Dank neben der Garderobe abgestellt hatte. Dann bin ich in den Wohnraum geschlichen. Der Nikolaus stand vor dem Regal, mit dem Rücken zu mir. Ich glaube jetzt, dass er nur eine CD einlegen wollte. Ich habe ausgeholt, wie zu meinen besten Zeiten beim Training und ihm einen Schlag verpasst. Der Driver hat ihn unglücklich am Kopf getroffen.«

Corinna stand auf, näherte sich vorsichtig der Leiche. Sie bückte sich, fingerte am Nikolauskostüm herum. Sachte fuhr sie mit der Hand in die mit weißem Pelz besetzte Seitentasche des roten Mantels. Sie hielt Nathalie einen Schlüssel entgegen.

»So ist er hier hereingekommen. Mit einem Schlüssel. Es ist der Schlüssel, den du vor Jahren bei mir deponiert hast, falls du dich einmal aussperren solltest.«

»Kennst du den Toten?«, fragte Nathalie und wurde noch blasser, als sie ohnehin schon war.

»Ja, ja ich kenne ihn«, stammelte Corinna. »Das ist … ehm … das war Victor ein Callboy, mein Nikolausgeschenk für dich.« Corinna wurde übel. Sie griff das nächstliegende Sofakissen, presste es sich vor den Mund und eilte ins Bad.

Natalie saß am Küchentisch, als Corinnas Magen sich wieder beruhigt hatte. Die Tür zum Wohnzimmer war geschlossen. Zwei Gläser und eine Flasche Rotwein standen bereit.

»Es gibt Tatsachen im Leben, die lassen sich nicht rückgängig machen, und die daraus resultierenden Probleme sind kaum zu lösen. Allerdings können wir Rahmenbedingungen schaffen, um Zeit zu gewinnen«, wisperte Natalie.

»Warum sprichst du so leise? Victor ist tot«, sagte Corinna. »Er kann uns nicht mehr hören.«

Nach einer geleerten Flasche Wein setzten sie das Ergebnis ihrer Überlegungen in die Tat um. Corinna und Nathalie hüllten Victors durchtrainierten Körper wieder in den Nikolausmantel ein, befestigten den weißen Rauschebart mit dem Drahtgestell an seinen Ohren und zogen ihm die Mütze tief in das Gesicht. Sie falteten eine Plastikplane auseinander und legten den Nikolaus darauf. Natalie deaktivierte die Bewegungsmelder im Garten, die für die Beleuchtung zuständig waren. Durch die geöffnete Terrassentür zogen sie ihn weiter über die festgefrorene Grasnabe, auf der sich eine feine weiße Schneeschicht gebildet hatte. Hinten im Garten stand eine Bank. Und Victor würde dort eine Zeit als dekoratives Element sitzen. Bisher hatte Natalie es vermieden, mit Nikoläusen ihr Grundstück zu dekorieren oder leuchtende Elche und Rentiere in ihrem Vorgarten grasen zu lassen. In diesem Jahr passte sie sich der Nachbarschaft an. Jedem, der durch die dichte Hecke in ihren Garten schauen würde, bot sich ein Bild wie in vielen anderen auch. In nichts unterschied sich Nathalies Garten in dieser Saison in Sachen Weihnachtsdekoration von denen der Nachbarn. Bis zum nächsten Tauwetter hätten Corinna und Nathalie jetzt erst einmal Zeit, darüber nachzudenken, wie sie den Nikolaus verschwinden lassen konnten.

Die Meteorologen habe einen kalten frostigen Winter prognostiziert, überlegte Natalie. Wir können uns Zeit lassen bis Heilige Drei Könige, je nach Wetterlage auch länger. Nicht selten hängen Nikoläuse aus Plastik sogar Ostern noch an den Hauswänden.

(Erstveröffentlichung in der Anthologie: Tödlicher Glühwein, Band 1, Leinpfadverlag 2012)

Tödliches Türchen

Kalle hebt die Hand und winkt zur Theke.

»Noch einmal dasselbe bitte«, ruft er dem Wirt zu. Er legt seine Arme auf den blank gescheuerten Kneipentisch und schiebt das winzige Adventsgesteck, bestehend aus einem grünen Tannenzweig aus Plastik, einer roten Kerze, einem Kiefernzapfen, alles übersprüht mit einem Hauch von Kunstschnee, zur Seite. Dann beugt er sich zu seinem Freund und Kollegen Olli herüber.

»Meinst du, das klappt?«, flüstert er.

»Auf jeden Fall. Das ist ein Kinderspiel. Keine großen Sicherheitsvorkehrungen. Die Balkontür ist im Nullkommanix aufgehebelt und wir sind drin.«

Sie schweigen, als der Wirt in seiner speckigen Lederweste an ihren Tisch tritt, und zwei Pils und zwei Klare abstellt. Dieser zückt ein billiges Einwegfeuerzeug und steckt die Kerze an.

»Wollen wir es euch mal etwas gemütlich machen«, sagt er grinsend. Olli und Kalle greifen nach den Schnapsgläschen und prosten sich zu.

»Auf die Postallee«, sagt Olli.

Sie setzen die Schnapsgläser an ihre Lippen und kippen den Inhalt runter. Ihre Gesichter verziehen sie zu Grimassen. Sie sehen aus, als würden sie sich gerade die Speiseröhren verätzen. Mit kühlem Gerstensaft spülen sie nach und lecken sich den Bierschaum von den Oberlippen.

Es ist kalt, als Olli und Kalle ihren Beutezug beginnen. Die Minusgrade machen ihren Atem im Schein der Taschenlampe sichtbar. Olli hat recht gehabt, es ist ein Kinderspiel, als sie sich in der Nacht vom 30. November auf den 1. Dezember Zugang zu einem schmucken Einfamilienhaus verschaffen. Sie arbeiten leise und niemand hört sie. Gezielt suchen sie im Wohnzimmerschrank und im Schreibtisch nach Bargeld. So unbemerkt, wie sie eingestiegen sind, verschwinden sie wieder. Sechshundert Euro, zwei Brillantringe und eine Armbanduhr wechseln in dieser Nacht ihren Besitzer.

Am frühen Abend des 2. Dezembers parkt Olli seinen Wagen im Wendehammer an der Steinstraße. Beide lassen sich in die Autositze hinuntergleiten und entziehen sich so neugierigen Blicken. Sie beobachten, wie eine Familie mit zwei kleinen Kindern in ihren Van einsteigt und Richtung Innenstadt davonfährt. Im Schatten der Nacht und ohne großen Aufwand stehen die beiden Einbrecher im Esszimmer ihres ausgewählten Objektes. Das Haus ist leer. Großeltern oder jugendliche Familienmitglieder, die keine Lust auf einen Weihnachtmarktausflug haben, sind nicht anwesend. Hier füllen Olli und Kalle ihre mitgebrachte Reisetasche mit hochwertigen Elektronikgeräten. Ein Smartphone und ein Laptop sind die Krönung ihrer Beute. Dreißig Euro, aus dem Kaffeebecher im Küchenschrank, von dem sie ein dicker Nikolaus mit weißem Bart anlächelt, verschwinden in Ollis Jackentasche.

Später sitzen sie wieder in ihrer Stammkneipe, bestellen sich ein Herrengedeck und überlegen, wie sie die Beute aufteilen sollen.

»Beim Geld: halbe-halbe«, schlägt Olli vor, »und die anderen Sachen lagern wir erst mal ein und überlegen später, wer was am besten gebrauchen kann.«

»Meine Kleine wünscht sich einen Laptop zu Weihnachten«, sagt Olli.

»Meine auch«, erwidert Kalle.

»Na, dann können wir ja ein Kind schon mal glücklich machen«, antwortet Olli und grinst. »Prost, auf unseren Weihnachtseinkauf!«

»Und was liegt morgen an? Wann soll ich dich abholen?«, fragt Kalle. Sein Kumpel zieht ein kleines schwarzes Notizbuch aus der Jacke und blättert darin.

»Ich hab da was an der Gildenstraße ausgemacht. Könnte lukrativ sein. Meine Tochter hat gesagt, dass die schnöseligen Blagen, die da wohnen, mit ihrem modernen Schnickschnack immer nur so prahlen. Die haben bestimmt das neuste iPhone schon bestellt. Wenn wir den Verdacht haben, dass sie eine Alarmanlage gibt, machen wir uns aus dem Staub. Aber einen Versuch ist es wert.«

Kalle nickt. »Ich habe Laura-Wochenende, so ein iPhone wäre schon ein tolles Nikolausgeschenk für mein Töchterlein.«

Als Kalle und Olli am 8. Dezember erneut zusammensitzen, blicken sie auf eine arbeitsreiche und anstrengende Woche zurück. Donnerstag und Freitag haben sie im Münsterland ihre Weihnachtseinkäufe fortgesetzt. Sie wundern sich immer wieder, wie leichtsinnig die Menschen sind. Sie haben in einem Haus an der Coesfelder Straße noch nicht einmal ein Werkzeug benutzen müssen. Die Familie war ausgeflogen und machte sicherlich die Weihnachtsmärkte auf den Bauernhöfen in der Umgebung unsicher. Die Kellertür war nicht abgeschlossen. Was nutzt solchen Leuten eine Einbruchssicherung, wenn sie nicht daran denken, eine simple Außentür mit einem Schlüssel abzusperren?

Laura ist ihrem Vater um den Hals gefallen, als sie in ihrem Päckchen zu Nikolaus ein iPhone vorgefunden hat. Olli ist ebenfalls zufrieden. Er hat ein positives Nikolauswochenende erlebt und ist froh, dass seine Frau ihn nicht gefragt hat, wie er die tollen Geschenke für sie und die Kinder finanziert hat. Er geht jeden Morgen brav zu seinem Arbeitsplatz, der bereits seit vier Wochen nicht mehr seiner ist und macht Phantomüberstunden. Stattdessen trifft er sich mit Kalle.

»Welches Türchen machen wir heute auf?«, fragt Olli.

»Wieso Türchen? Was soll diese Verniedlichung?«

»Na, überleg doch mal«, sagt Olli. »Wir sind mit unseren …«, er stockt und wartet, bis die Kellnerin mit dem Tablett vorbeigegangen ist » …mit unseren Einbrü« Kalle legt seinen Finger auf die Lippen. Er lehnt sich zurück, verschränkt die Arme über seinem stattlichen Bauch und lacht.

»Mit unserem Abenteuer«, fährt Olli fort«, und ist erleichtert, dass ihm ein passender unverfänglicher Begriff so schnell eingefallen ist.

»Also, mit unserem Abenteuer sind wir am 1. Dezember angefangen. Es ist wie mit einem Adventskalender. Bisher haben wir jeden Tag ein Türchen geöffnet.«

»Dann lass uns mal die nächsten Türchen suchen.«

»Ich hab da mal was vorbereitet«, sagt Olli und entlockt seinem schwarzen Notizbuch einige neue Möglichkeiten. Der Plan für die kommenden Tage steht. Kalle bestellt zwei Tassen Kaffee und zwei Stück Christstollen und für jeden einen Cognac als Stärkung, und dann machen sich die beiden Gauner auf den Weg. Türchen 8 liegt in Kirchhellen. Langsam und entspannt fahren Olli und Kalle zu ihrem Einsatzort.

»Versprichst du mir, dass wir uns sofort zurückziehen, wenn es den Anschein haben könnte, dass jemand zu Hause ist?«, sagt Olli und bestätigt hiermit eindringlich erneut eine gemeinsam beschlossene Regel. Er sieht Kalle von der Seite an.

»Kein Risiko. Was nützt der Familie ein reicher Geschenkesegen, wenn wir nicht neben dem Weihnachtsbaum sitzen dürfen und dabei zuschauen können, wie sie ihre Präsente auspacken. Wir sollten uns die leuchtenden Kinderaugen nicht entgehen lassen.« Kalle nickt.

»Jetzt entspann dich mal, wir sind jeden Moment da.«

Auch in Kirchhellen hat Olli perfekt recherchiert. Hier öffnen sie gleich drei Türchen. Alle Einbrüche gehen glatt über die Bühne. Zwar ist die Beute nicht gigantisch, aber dafür ist wenigstens das Risiko geringer, als wenn sie mit vorgehaltener Waffe in eine Sparkassenfiliale stürmen würden. Kalle schüttelt angesichts der bescheidenen Ausbeute den Kopf, als sie wieder in dem alten unscheinbaren Golf sitzen und das Einbruchsrevier verlassen.

»Hoffen wir, dass nicht alle im Zeitalter von Plastikgeld und Onlinebankgeschäften gefangen sind. Es gibt sicher noch Menschen, die viel Bares in der Wohnung aufbewahren.«

»Was ist jetzt mit deinem Vergleich zu einem Adventskalender?«, fragt Kalle. »Heute waren es drei Türchen. Dein Vergleich hinkt.«

»Ist es dir nie passiert, dass du mal mehrere Türchen an einem Tag geöffnet hast? Ich hab sogar einmal als Kind so einen Pappweihnachtskalender von meiner Oma an einem Tag vernichtet, alle Türchen aufgerissen und die gesamte Schokolade auf einmal aufgegessen.«

Es ist stockdunkel, als sie Kirchhellen in südlicher Richtung verlassen. Über die Dörfer fahren sie wieder tiefer ins Ruhrgebiet zurück. Sie spekulieren über das Risiko, bei ihren Straftaten verhaftet zu werden.

»Die wenigsten Einbrecher werden gefasst«, sagt Olli. »Die Zeitungen stehen in der letzten Zeit voll von Einbrüchen. Die dunkle Jahreszeit bietet sich für Wohnungseinbrüche an, so steht es als Warnung tagtäglich in der Presse. Auf frischer Tat ertappt wird kaum ein Dieb.«

»Sie sind eben vorsichtig, so wie wir. Wir werden auch nicht geschnappt. Ich glaube, es tritt eher der Fall ein, dass wir vor einer Terrassentür stehen und es ist schon ein Kollege vor uns da gewesen.«

»Oder er ist noch drin«, sagt Kalle und sein Lachen schalt durch das Auto.

»Warst du schon mal auf einem Golfplatz?«, fragt Olli.

»Nein, wo denkst du hin. Das ist nicht meine Baustelle. Wie kommst du jetzt darauf?«, fragt Kalle.

»Da war gerade ein Hinweisschild auf einen Golf-Klub. Sollen wir uns dort mal umsehen?«

»Da ist doch im Winter alles zu.« Kalle bremst, wendet und biegt ab. Im Golfrestaurant brennt Licht.

»Ich glaube, da findet eine Weihnachtsfeier statt«, sagt Olli. Hinter den Scheiben sehen sie einen bunt geschmückten Weihnachtsbaum und flackernde Kerzen. Menschen halten Blumensträuße in Händen und liegen sich in den Armen. Olli und Kalle steigen aus und gehen über den Parkplatz. Dort stehen Nobelkarossen, denen sie nie so nahegekommen sind.

Aus einem gekippten Fenster erklingt *„Oh, du fröhliche, oh, du selige ...“*. Zu dieser Weihnachtsmusik bewegen sie sich durch die parkenden Luxuslimousinen. Routinemäßig prüfen sie die eine oder andere Autotür. Und, wer hätte das gedacht, auch hier öffnet sich ein Türchen. Der Besitzer des silbernen Mercedes hat vergessen, auf die elektronische Verriegelung zu drücken und eine Alarmanlage scheint es auch nicht zu geben. Auf der Rückbank steht die Papiertüte eines renommierten Düsseldorfer Damenmodegeschäftes, zumindest hinterlässt die noble Verpackung diesen Eindruck. Kalle greift zu und nimmt die Tüte mit.

»Komm, lass uns verschwinden«, flüstert er. »Türchen 11 ist hiermit geöffnet. Ich bin gespannt, was die Dame sich zum Fest gegönnt hat. Wenn die Klamotten deiner Lisa nicht passen, dann entsorge sie im Altkleidercontainer.« Schwungvoll wirft er die Tragetasche auf die Rückbank ihres Wagens.

»Was wir hier machen, ist alles nur Kinderkram. Wir sollten mal etwas Großes aufziehen, was hältst du davon?«, fragt Kalle.

»Im Moment noch nichts. Lass uns im nächsten Jahr darüber sprechen«, antwortet Olli. »Was hast du am Wochenende vor?«

Der Plan für die nächsten Tage sieht vor, dass sie am Freitag wieder zuschlagen und am Wochenende eine Pause einlegen. Samstag will Olli mit seiner Familie den Weihnachtsmarkt in Essen auf dem Kennedyplatz besuchen. Er hat es seiner Frau und seiner Tochter versprochen. »Große Lust hab ich keine, aber was bleibt mir übrig. Wir werden mal ein bisschen an der Weihnachtsstimmung arbeiten. Vielleicht schafft es das Sternenzelt, das den Platz überspannt, in Kombination mit Glühweinduft und Eierpunsch, mir weihnachtliche Gefühle zu entlocken, wenn es schon nicht schneit.«

Kalle setzt seinen Partner an der Straßenecke circa hundert Meter von Ollis Haustür entfernt ab. Lisa steht garantiert wieder am Wohnzimmerfenster hinter dem grell aufleuchtenden Weihnachtsstern und wartet. Wenn sie Kalle nicht sieht, stellt sie auch keine Fragen nach dem Arbeitskollegen, der ihn zu Hause abgesetzt hat. Kalle bringt die Beute in das gemeinsame Versteck, eine Garage, die sie extra als Depot angemietet haben.

Olli knipst im Treppenhaus das Licht an. Er greift in die Papiertasche des Modehauses. Seine Hand taucht in eine kuschelig weiche Masse ein. Er zieht einen Pullover heraus. Ein flüchtiger Blick auf das Etikett und der Preis lässt ihn schwindeln. Dreihundert Euro für diesen Fummel? Die einzige Zahl auf dem Schild, mit der er etwas anfangen kann, ist die Größe D 38. Passt. Die Farbe wird ihr gefallen, ein zartes Lila. Er entfernt das Preisschild und steckte es im Vorbeigehen in die Mülltonne im Treppenhaus.

Am Montag, dem 15. Dezember, fahren Olli und Kalle durch den Essener Süden.

»Schalte die Scheinwerfer aus«, sagt Olli, »und dann fahr langsam auf den Parkplatz dort drüben«, ist seine zweite Anweisung. »Motor aus«, ist seine dritter Befehl.

»Welches Haus?«, fragt Kalle.

»Das da!«, sagte er und zeigt auf die gegenüberliegende Straßenseite. Ein Mini steht am Straßenrand. Sein roter Lack ist kaum zu erkennen. Sonst ist nichts und niemand zu sehen.

Das Haus liegt in völliger Dunkelheit. Die Schwärze der Nacht macht sich auch auf der Straße breit. Das milchige Licht einer einzigen mickerigen Straßenlaterne, die zudem seltsam flackert, scheint nur Dekoration zu sein. Kalle schiebt den Riegel der Autoinnenbeleuchtung nach vorne und öffnet die Autotür. Die Beleuchtung bleibt aus. Sie stehen auf dem Parkplatz. Beide ziehen ihre Einweghandschuhe über und schleichen geduckt auf das Haus zu. Ein Schritt in die Auffahrt und kein Anwohner oder gassigehender Hundehalter kann sie von der Straße aus sehen. Die dichte Bepflanzung schirmt sie ab. Ein leuchtender Elch mit Schlitten steht auf der grünen Wiese. Im Schutz der rechten Hausseite gelangen sie in den Garten.

»Welches Türchen öffnen wir?«, fragt Kalle, »das Kellertürchen oder das Terrassentürchen?«

»Das erste Terrassentürchen, es führt direkt ins Schlafzimmer. Von dort aus kommen wir ins Arbeitszimmer«, flüstert Olli.

»Du bist aber gut informiert.«

»Ein alter Kunde von mir, aus meinem früheren Berufsleben.«

»Eine Alarmanlage?«, fragt Kalle.

»Nein, keine Alarmanlage. Wären wir sonst hier? Der Hausherr ist dazu zu geizig. Er behauptet, sie kostet nur Geld und bringt sowieso nichts.«

»Recht hat er«, sagt Kalle.

»Und weil er nicht nur geizig ist, sondern auch kein Vertrauen in die Banken hat, bewahrt er eine Menge Bares in seinem Arbeitszimmer auf.«

Sie verursachen ein kaum hörbares Geräusch, und die Terrassentür springt auf. Olli schiebt die Gardine zur Seite und sie stehen in einem Schlafzimmer. Das Doppelbett ist unbenutzt. Lautlos bewegen sie sich über den flauschigen Berberteppich. Olli hat seine schwach leuchtende Taschenlampe angeknipst und lässt den Lichtstrahl über die rechte Zimmerwand huschen. Eine Tür tritt in ihren Fokus.

»Da lang«, flüstert er. »Dahinter liegt das Arbeitszimmer.«

Kalle drückt vorsichtig die Klinke herunter und öffnet die Tür einen Spalt weit. Sie schlüpfen beide hindurch. Während Olli sich an dem Schloss der Schreibtischschublade zu schaffen macht, durchsucht Kalle die Anrichte mit Unmengen von Fächern.

»Hey, sieh mal«, flüstert Kalle. »Das nenn ich einen Volltreffer.« Er leuchtet auf eine mit Rosen verzierte Box.

»Da verwahrt die Dame des Hauses ihr stattliches Haushaltsgeld auf. Ich bin gespannt, was der Hausherr in seinem Schreibtisch gebunkert hat.«

»Das werden Sie nie erfahren«, kommt eine Frauenstimme aus der Dunkelheit und gleichzeitig erfüllt das ohrenbetäubende Geräusch eines Schusses das Arbeitszimmer. Kalles Taschenlampe fällt in die Schublade und sein Körper stürzt zu Boden. Olli hat sich instinktiv geduckt und hockt unter dem Schreibtisch. Sie sitzen in der Falle. Der direkte Fluchtweg in die Freiheit führt durch die Schlafzimmertür und von dort über die Terrasse nach draußen. Aber genau aus der Richtung kam der Schuss.

»Kalle?«, fragt Olli. »Kalle? Bist du verletzt?« Er erhält keine Antwort. Jetzt wird die einzige Tür dieses Raumes zugeschlagen und abgeschlossen.

»Keine Namen«, flüstert Kalle. Olli macht Licht. Kalle ist an der Schulter getroffen. Aber es scheint nur ein leichter Streifschuss gewesen zu sein.

»Wenn Sie versuchen, die Tür zu öffnen, schieße ich sofort«, sagt die weibliche Stimme hinter der Tür vom Schlafzimmer zum Arbeitszimmer.

»Wer ist das?«, fragt Kalle.

»Keine Ahnung, der krächzenden Stimme nach zu urteilen, vielleicht die Oma des Hauses«, vermutet Olli.

»Du hast gesagt, die Familie sei ausgeflogen, wusstest du nicht, dass sie diese schießwütige Oma als Wachhund zurückgelassen haben?« Olli kriecht zum Fenster. Leise erhebt er sich und zieht die Rollladen hoch. Schmiedeeiserne, verschnörkelte Gitter versperren ihnen auch diesen Fluchtweg. Olli lässt sich neben Kalle auf den Boden sinken. »Das war's dann wohl, die waren vorher auch nicht da. Ich schwöre«, sagt er.

Neben ihnen an der Wand hängt ein Adventskalender aus Pappe mit Nikoläusen, Rentierschlitten, Weihnachtsbäumen und Engeln, die auf kleinen Wolken dahinschweben. Vierzehn kleine Türchen sind bereits geöffnet. Die Schokolade fehlt. Das 15. ist noch geschlossen.

»Wir hätten unser 15. Türchen besser nicht geöffnet«, sagt Kalle.

»Wir können froh sein, dass die Alte in der Dunkelheit nicht richtig getroffen hat, es hätte ein *tödliches Türchen* sein können.«

(Erstveröffentlichung im Buch: Weihnachten, lustig und kriminell, Band 1, 2015)

Der konservierte Winter

Seit Tagen war der Himmel grau verhangen. Wir warteten alle sehnsüchtig auf den ersten Schnee.

Müde quälte ich mich aus dem Bett, rieb mir den Schlaf aus den Augen und trat ans Fenster, wie an jedem Tag der letzten Wochen. Die Welt, die sich mir heute präsentierte, war weiß. Mein Freudengeschrei erfüllte das Haus. Aus dem Zimmer meiner kleinen Schwester drangen fast zeitgleich begeisterte Rufe. So schnell wie heute, waren wir lange nicht in unsere Kleidung geschlüpft. Unter lautem Jubel stürzten wir in die Küche, bereit fürs Frühstück.

»Bekommen wir heute schneefrei?«, fragte meine kleine Schwester. Damit rechnete ich nicht. Die Schneeflocken bildeten nur eine hauchdünne Schicht.

Als wir in den Schulbus einstiegen, der uns wie jeden Tag in die Kreisstadt fuhr, hatte der Schneefall zugenommen. Die Flocken wurden dicker und unsere Erwartungen an den Winter größer. Der Bus schlängelte sich langsam dahin, da die Straßen in ländlichen Regionen nicht so schnell von Eis und Schnee befreit wurden, wie in den Städten.

Während der Schulstunden schauten alle Schüler immer wieder aus dem Fenster. Die Lehrer gaben es auf, Ermahnung auszusprechen. Niemand konzentrierte sich mehr auf den Unterricht. In der großen Pause bekamen wir keine Erlaubnis, auf den Schulhof zu gehen. Wir konnten es kaum erwarten, endlich nachmittags nach der Schule im Schnee toben zu dürfen. Auf dem Weg zur Bushaltestelle hatten sich alle bereits in der weißen Pracht gewälzt. Einige

Kinder hatten nasse Füße bekommen, an anderen haftete der Schnee und taute erst im Bus langsam ab. Die Gesichter der Schüler waren gerötet und die Scheiben im Bus in kurzer Zeit völlig beschlagen. Es wurden immer wieder neue Gucklöcher auf den Fenstern freigerieben, um einen Blick in die verschneite Landschaft zu erhaschen. Der Schulbus quälte sich über die winterliche Landstraße zurück zu der Haltestelle, an der wir heute Morgen eingestiegen waren. Von dort war es zu unserem Bauerngehöft nicht mehr weit. Wir sprangen aus dem Bus in den weichen Schnee, rappelten uns wieder auf und gingen den Rest des Weges zum Hof zu Fuß. Es war das schönste Stück Weg des ganzen Tages und die beste Gelegenheit, einen ersten Schneemann zu bauen. Wir formten beide je eine kleine Schneekugel und rollten sie, immer dicker werdend, auf unser Haus zu. Der Schnee hatte die richtige Konsistenz und pappte fest zusammen. Je größer die Kugeln wurden, um so schwere wurde es, sie vorwärts zu bewegen. Schließlich erreichten wir völlig erledigt und aus der Puste mit den Schneekugeln den Hof. Ich schlug vor, die dicken Schneegebilde in den Vorgarten zu rollen, denn dort sollte der Schneemann Vollendung finden. Erschöpft ließ ich mich in den Schnee fallen. Lisa stapfte los zum Haus. Der Schneemann brauchte Augen und eine Nase. Mutter spendierte uns eine Möhre und zwei Kartoffeln. Vater hievte die kleinere Kugel meiner Schwester auf die große. Schnell formte ich eine weitere Kugel für den Kopf. Ich stattete den Schneemann mit einem Besen aus und band ihm einen Schal um den Hals. Wir schafften es, unser Kunstwerk fertigzustellen, bevor die Dämmerung sich über die weiße Welt legte. Der erste Schneemann dieses Winters dekorierte unseren Vorgarten und lachte uns mit einem schiefen Grinsen an.

Ich liebte Schnee und versuchte, jede freie Minute draußen zu spielen. Hinter dem Haus lag eine endlos weite, weiße, unberührte Fläche vor mir. Ich ließ mich rückwärts in den Schnee fallen und hinterließ die Abdrücke eines Engels mit ausgebreiteten Flügeln. Als ich meinem Vater die gigantischen Eiszapfen am Scheunendach zeigte, holte er eine Leiter und einen Spaten und versuchte, die Gebilde abzuschlagen.

»Sicher ist sicher,« sagte er. »Es ist zu gefährlich. Stell dir mal vor, es löst sich ein Zapfen und trifft Lisa oder dich genau in dem Moment, wenn ihr darunter spielt? Das könnte tödlich enden.« Die ersten abgeschlagenen Eiszapfen bohrten sich wie Pfeile in die weiche Schneedecke.

Am Wochenende nahm mein Vater mich mit in den Wald. Wir kümmerten uns gemeinsam um die Wildtiere, die bei der winterlichen Landschaft kaum Futter fanden. Die im Sommer angelegten Futterstellen füllten wir auf. Meine tägliche Aufgabe bestand darin, darauf zu achten, dass stets genügend Vogelfutter in dem Futterhäuschen lag, das direkt vor dem Küchenfenster stand.

Ich wusste, dass meine Mutter es nicht gerne sah, dass ich mich allzu weit vom Hof entfernte. Aber ich schaffte es, immer mal wieder unbemerkt zu verschwinden. Dann streifte durch den tief verschneiten Winterwald, der sich an unsere Pferdekoppel anschloss. Ich war beauftragt worden, den Futtervorrat der Vögel zu überprüfen und da es im Wald ein Futterhäuschen für die Waldvögel gab, bezog ich es mit ein.

Die Tierspuren im Schnee faszinierten mich. Mein Vater erklärte mir die unterschiedlichen Spuren, die die Waldtiere hinterließen. Ich wollte die Abdrücke, der heimischen

Tierwelt erforschen. Dazu holte ich unseren Schlitten und eine Kinderschüppe aus der Scheune und zog mit dem Transportschlitten in den Wald. Der Schnee war fest und mir gelang es, einige Tierspuren im Block auszustechen und heil auf dem Rodelschlitten bis nach Hause zu ziehen. Der Winter mit seiner weißen Pracht erweckte stets meine Kreativität erneut und ich wurde es nicht müde, mich damit zu beschäftigen. Manchmal gesellte sich auch Lisa dazu, aber eher selten. Sie fror schnell und zog es dann vor, mir vom Küchenfenster aus zuzusehen. Heute baute ich eine Iglu-Hundehütte für Dounat, unseren Hund. Er war nicht begeistert von seiner neuen Behausung. Lieber lag er auf seiner kuscheligen Decke neben dem Kamin.

So viel Glück mit Schnee, wie in diesem Dezember, hatten wir nicht immer. Es gab Jahre, da schneite es kaum, und jeder Wintermorgen war eine Enttäuschung. Ich hoffte, dass diesmal die weiße Pracht wenigstens die Ferien über liegen blieb.

Meine Erkundungstour führte mich am Küchenfenster vorbei. Dort entdeckte ich an der niedrigen Fensterbank eine Reihe herrlich dicker Eiszapfen. Ein kleines Gebilde bracht ich ab. Das Geräusch hörte sich an, als würde Glas zerspringen.

Wie ein Blitz traf mich eine geniale Idee. Im Herbst hatte ich gesehen, wie Mutter Möhren geputzt, in Einfrierbeuteln verpackt in den Tiefkühlschrank gelegt hatte. Ich würde mir in diesem Jahr ein paar Eiszapfen einfrieren und für spätere Zeiten aufheben. Meine Mutter händigte mir die gewünschten Plastiktüten aus. Sie machte erst gar nicht den Versuch, mir diese Vorratshaltung auszureden.

Im Geräteschuppen stand eine große Tiefkühltruhe. Es war nicht so ein exklusives, modernes Modell wie bei Mutter in der Küche. Es wurde hauptsächlich von meinem Vater benutzt, der dort sein Wildbret einlagerte. In diesem Tiefkühlgerät bekam ich einen Korb zugewiesen, in dem ich meine Eiszapfen lagern konnte.

Es blieb nicht bei den Eiszapfen. Ich formte einige sehr handliche Schneebälle und fror sie ein. Sie sahen aus wie tief gefrorene Kartoffelklöße. Meine Begeisterung, eine Möglichkeit entdeckt zu haben, den Winter zu konservieren, führte so weit, dass ich eine Tüte Schnee in der Tiefkühltruhe verschwinden ließ, eine perfekt ausgestochene zwanzig Zentimeter lange Spur von Vaters Mountainbikereifen, und einen Abdruck von Mutters Wintergummistiefeln. Als das Postauto vorgefahren kam, konservierte ich ein Stück seiner winterlichen Reifenspur. An der Futterstelle im Wald schnitt ich mit meinem Taschenmesser ein Rechteck von dem Reifenabdruck aus, den Vaters Landrover hinterlassen hatte. All meine kalten Sammelstücke steckte ich in Gefrierbeutel und versah sie mit Einfrieretiketten, die ich in Mutters Küchenschublade fand.

Neue Schneefälle bedeckten die Landschaft. Alle Spuren, vor allem die schmuddeligen, die der Schneepflug hinterlassen hatte, weil er auch Dreck mit an die Straßenböschung warf, wurden unter einer neuen Schneeschicht verborgen. Ein letztes Mal präsentierte sich die Welt in winterlichem Weiß. Doch der Schnee war nass und schwer und das Thermometer zeigte Plusgrade an.

Die Ferien waren beendet und meine Exkursionen in den Wald wurden durch die Schule massiv eingeschränkt.

Glücklicherweise hatte der Wettergott den Wunsch erhört, und das Tauwetter erst nach den Weihnachtsferien beginnen lassen. Jeder Schritt verspritzte den Matsch in alle Richtungen. Eine kleine Tüte, gefüllt mit dieser Pampe, fror ich ebenfalls ein. Der Winter kam mit Minusgraden noch einmal kurz zurück und verwandelte unsere Welt in eine eisige Rutschpartie.

Dann bekamen Lisa und ich eine ernsthafte Standpauke. Wir durften uns auf keinen Fall mehr allein vom Hofgelände entfernen.

Morgens brachte uns unser Vater zum Schulbus. Nach der Schule, wenn wir wieder an unserer Haltestelle ausstiegen, wartete jemand auf uns, und begleitete uns bis zum Bauernhof zurück. Etwas Ungewöhnliches musste passiert sein. Es kamen immer öfter Nachbarn zu Besuch und tuschelten mit den Eltern. Manchmal zogen sie sich zum Gespräch unter Erwachsenen in die gute Stube, das kleine Wohnzimmer für Gäste, zurück. Lisa und ich wurden nicht eingeweiht, was da los war.

Es kam der Tag, an dem ich die letzten Meter von der Bushaltestelle zum Hofe rannte. Es stand ein Polizeiwagen vor der großen Scheune. Ich riss die Tür zur Küche auf und stürmte hinein. Die Erwachsenen saßen dort und unterhielten sich. Ich rechnete damit, wieder hinausgeschickt zu werden. Aus Erfahrung wusste ich, wenn etwas Spannendes passierte, wurden Lisa und ich in unsere Zimmer geschickt. Diesmal war es anders. Die nette Polizistin mit dem dicken blonden Zopf rief mich zu sich heran. Sie fragte nach meinen Ferien und was ich alles so unternommen hätte. Sie wollte wissen, ob mir etwas Ungewöhnliches aufgefallen sei, ein fremdes Auto zum Beispiel, oder ob mir Menschen begegnet waren, die ich nicht kannte. Speziell zeigten sie Interesse daran, was ich am letzten Ferientag gemacht hatte. Ich konnte mich an nichts Auffälliges erinnern. Warum fragte sie mich das alles? Eine Erklärung dafür bekam ich nicht.

Am nächsten Tag erzählte mir Chris, ein älterer Schüler vom Nachbarhof, was los war. Er ließ sich auf den freien Platz im Bus neben mir nieder und flüsterte mir zu, so, dass die anderen Schüler es nicht mitbekamen, dass man nahe der Futterstelle in unserem Wald eine Mädchenleiche gefunden hatte. Spaziergänger hatten sie entdeckt. Sie war zum Teil von Schnee bedeckt gewesen, als der Dackel der Wanderer sie aufgespürt hatte. Das Tauwetter brachte zutage, was die Schneedecke so sorgsam abgedeckt hatte. Chris fügte einige Horrorszenarien hinzu, wie das Mädchen ausgesehen habe, da die Tiere im Wald sie, wie er es nannte, angeknabbert hatten. Der grausame Fund beschäftigte mich und ich stellte Fragen, denen meine Eltern nicht mehr ausweichen konnten. Ich versprach, mit Lisa nicht darüber zu sprechen, damit sie keine Angst bekäme. Jetzt verstand, warum wir nicht mehr so unbefangen auf dem Bauernhofgelände herumlaufen durften. Den Täter hatte die Polizei bisher nicht ermitteln können.

»Die Polizei hat noch nicht einmal einen Verdacht«, erzählte mir Chris auf der nächsten Busfahrt in die Kreisstadt.

Im Frühling räumte meine Mutter die Tenne und die Schuppen auf. Sie überprüfte dabei auch die Bestände in Vaters Gefriertruhe. Wenig später fuhr erneut ein

Polizeiwagen auf unseren Hof. Mutter ging mit den Beamten direkt in den Geräteschuppen. Ich wurde weggeschickt, blieb aber in Hörweite stehen. Meine Neugier war groß, und ich wollte wissen, was da wieder los war.

»Ich glaubte, meinen Augen nicht zu trauen, als ich den Deckel der Kühltruhe anhob und in Jans Gefrierkorb schaute«, sagte meine Mutter zu den Beamten. »Da hat unser Sohn überaus professionell seinen geliebten Winter eingefroren. Seine Sammelstücke sind sogar etikettiert. Sehen sie selbst. *Mamas Gummistiefel, Gr. 38*«, las sie vor. »*3 Eiszapfen, 15 cm lang, Küchenfensterbank; Landrover Papa, Futterstelle*«, fuhr sie fort. Dann nahm sie ein Päckchen in die Hand und reichte es den Polizisten. »Schauen Sie auf das Datum«. Die Beamten starrten auf das Etikett der tiefgefrorenen Reifenspur.

»Mir lief ein eiskalter winterlicher Schauer über den Rücken, als ich die Beschriftung zum ersten Mal wahrnahm«, sagte meine Mutter. »Es ist genau der Tag, auf den sich wochenlang unser Fokus gerichtet hat. Es ist der ermittelte Todestag des Mädchens.«

Die Polizistin machte ein Foto und legte das Päckchen in die Kühlung zurück. Schmatzend schloss sich der Deckel. Mit einem rot-weißen Flatterband sperrten die Polizeibeamten die Scheune ab und klebten ein Siegel auf Papas Tiefkühltruhe. Dann telefonierten die Beamten und rief die Spurensicherung auf unseren Hof.

Wir saßen alle in der Küche am Tisch. Mutter hatte sich einen Schnaps eingeschüttet, was nicht oft vorkam. »Mir wird jetzt noch ganz schwindelig, wenn ich daran denke, dass Jan an diesem Tag im Wald war«, sagte sie. »Ich hab zwar keine große Ahnung von Reifengrößen und

Reifenabdrücken, aber eines war mir sofort klar, als ich das Reifenprofil sah«, richtete sich Mutter an unseren Vater. »Es war nicht der Abdruck deines Landrovers.«

(Erstveröffentlichung im Buch: Weihnachten, lustig und kriminell, Band 2, 2017)

Wie aus allen Wolken

Der kleine Abzweig, der zu meinem Parkplatz führte, kam immer näher. Biene, meine Hundedame, beschnüffelte intensiv jeden Grashalm am Wegrand. Mal stand ich nur einige Sekunden still und wartete auf sie. Manchmal erschien mir ihre Schnupperphasen endlos lang. Wir kamen überhaupt nicht vorwärts.

»Was hältst du von einer zweiten Seeumrundung?«, fragte ich. Meine Beaglehündin ließ von ihren betörenden Düften ab und sah mich mit großen braunen Augen an. Ihre Aufmerksamkeit galt kurz der blau-silbrig glitzernde Oberfläche des Weihers und dann trabte sie, ohne mich eines Blickes zu würdigen, weiter am Ufer entlang. Damit hatte sie die Entscheidung getroffen.

Der Sommer neigte sich dem Ende zu. Die Natur hatte erste Veränderungen eingeleitet. Laub bedeckte die Wege und das Gras war nicht mehr kräftig grün. Unter den dicken Kastanienbäumen hatte ich einige ihrer braun glänzenden Früchte für ein dekoratives Herbstgesteck aufgehoben und in meine Jackentaschen gestopft. Es würde nicht mehr lange dauern, und alles rund um mich würde in den Weihnachtsmodus übergehen. Mir fiel ein, dass ich vor Tagen eine Werbung im Fernsehen gesehen hatte, dessen Werbe-Fuzzis es als ihre Pflicht ansahen, die Konsumgesellschaft, nach meiner Ansicht viel zu frühzeitig, auf das bevorstehende Weihnachtfest hinzuweisen. Wenn ich in zurückliegenden Zeiten diese gigantischen und übertriebenen

Weihnachtsrituale geliebt und unser Haus von oben bis unten in einen Winter-Weihnachtstraum verwandelt hatte, graute mir in diesem Jahr vor dem Fest der Liebe.

Mein Mann hatte mir vor einigen Wochen kurz und knapp mitgeteilt, dass unsere Ehe am Ende sei und er sich neu verliebt habe. Ich war aus allen Wolken gefallen. Er überließ mir großzügig das Haus. Biene, für die ich in den letzten Jahren alleine verantwortlich war, weil ihm die Zeit für das Tier fehlte, blieb ebenfalls bei mir.

»Dann fühlst du dich in den ersten Wochen des Singleseins nicht so einsam«, so seine fürsorglichen Worte. Sein Verschwinden aus unserem gemeinsamen Leben wickelte er aalglatt ab. Als ich von einer Wochenendtour mit meiner Freundin zurückkehrte, war seine Schrankseite im Schlafzimmer leergeräumt und er war verschwunden.

Dass ich jetzt mit unserem Hund alleine um den See lief, war der Tatsache geschuldet, dass seine Neue, dessen Namen ich mir geschworen habe nicht auszusprechen, eine Hundehaarallergie hat. Dieser verdammte Heuchler.

Früher hatten wir unsere Urlaube immer lange im Voraus gebucht und mein Ex-Mann hatte behauptet, es sei nicht der Frühbucherrabatt, sondern die Möglichkeit einer langen freudigen Erwartung, die ihn zu dieser Urlaubsplanung veranlasst habe.

Mich ergriff jetzt monatelang im Voraus die negative Vorfreude im Hinblick auf das Weihnachtsfest. Ich sah mich heute im Schein der goldenen Herbstsonne allein unter einem Weihnachtsbaum im Wohnzimmer sitzen. Das Bild brannte sich in meine Netzhaut ein, ohne die Chance, es zu verbannen.

»Biene, dass du es schon mal weißt und dich an den Gedanken gewöhnen kannst«, sagte ich zu dem schnüffelnden Hund zu meinen Füßen, »wir werden in diesem Jahr weder eine Tanne schmücken noch den anderen Weihnachtskram aus den Kisten befreien. Ich hasse Weihnachten.«

Biene warf mir einen flüchtigen Blick zu.

»Ja, gut, dass Ihr Hund das schon mal in seinen Kalender schreiben kann. Planung ist der halbe Erfolg«, sagte eine Männerstimme.

Ein heftiger Ruck durchzog meinen Körper, weil Biene dermaßen an der Leine riss, dass sie mich beinahe aus den Schuhen gehoben hätte. Gott sei Dank stolperte ich nur. Zusätzlich irritierte mich dieser Kommentar aus dem Off. Biene steuerte auf einen kleinen Hundemischling zu, der an Schönheit meinem Beagle um nichts nachstand.

»Das ist Ronny«, hörte ich die männliche Stimme. »Ist es erlaubt, dass er mal an seiner Angebeteten schnuppert?«

Ich drehte mich um und hielt Biene an der Leine kurz. Oh, Gott, jetzt hatte dieser Fremde mitbekommen, dass ich mich mit meinem Beagle über alltägliche Angelegenheiten ausgetauscht hatte. Der hält mich sicher für total bescheuert.

»Es ist nicht recht, dass Ihre Töle meinen Hund beschnuppert«, giftete ich zurück. In dem Moment, in dem ich diesen Satz aussprach, wäre ich am liebsten im Boden versunken. Wie blöd bin ich? Der Typ wollte nur freundlich sein.

»Schade«, sagte Ronnys Herrchen. »Dann nicht. Schönen Tag. Man sieht sich.«

Blöd-Quatscher mit Machogehabe, das fehlte mir heute gerade noch. Früher war ich nie bei Gassigehern stehen geblieben und hatte mich mit ihnen über Biene, ihre eigenen Lieblinge sowie über Hundefutter und Hunderassen unterhalten. Doch in den letzten Wochen waren es die einzigen Gesprächskontakte, die ich überhaupt zuließ.

Ich saß am liebsten vor dem Computer und widmete mich meinen Kriminalgeschichten. Schreiben war immer schon eine Passion für mich, aber in der letzten Zeit war die Ausrichtung der Texte einseitig. In fast jeder Geschichte war der Ehemann das Opfer. Meinen Ex-Mann hatte ich bereits mehrfach auf die unterschiedlichsten Methoden umgebracht.

Die Lust auf Fortsetzung des Spaziergangs war mir vergangen. Ich zwang Biene zu einer Kehrtwende und strebte dem Parkplatz zu. Der Drang, nach Hause zu kommen war groß. Ich musste schreiben, mich in fiktive Welten vertiefen, und wieder einen Ehemann umbringen, um zu vergessen, was mein Ex mir angetan hatte. Wie es schien, hatte diese Opferrolle auch etwas Gutes, denn sie beflügelte meine Kreativität in Sachen Krimischreiben.

Auf dem Rückweg traf ich eine flüchtige Bekannte, eine von der Sorte, die sich stets dazu berufen fühlen, ungefragt gute Ratschläge zu erteilen.

»Na, immer noch solo?«, war ihre Begrüßung. »Du lernst nie jemanden kennen, wenn du nur zuhause auf deiner Couch sitzt oder mit dem kleinen Köter um den See streifst.«

Ich hätte sie jetzt gerne in ihre Schranken gewiesen und ihr gesagt, dass Frauen, wie sie besser ihren Mund halten sollten. Am liebsten hätte ich sie in der Luft zerfetzt und ihr lautstark mitgeteilt, dass es sie einen feuchten Käse anging, was ich tat oder nicht tat. Aber ich verzog mein Gesicht zu einem säuerlichen Lächeln und staunte über mich, denn ich sagte: »Entschuldige bitte, ich muss los. Der Hund wartet auf seine Mahlzeit.« Ich drehte mich um und entfernte mich mit großen Schritten. Dann lächelte ich echt. Hoffentlich hatte Biene mich nicht verstanden. Wenn ja, dann würde sie gleich vor ihrem Napf sitzen und lautstark bellend ihr versprochenes Futter einfordern. Was soll ich sagen? Sie forderte ihr Fressen.

Als ich später vor meinem Bildschirm saß und einen neuen Text entwarf, überlegte ich, ob es nicht an der Zeit sei, ab jetzt Frauen über die Klinge springen zu lassen, und zwar solche wie das Exemplar, das mir gerade begegnet war. Falsche Schlangen, gemeine Ziegen, unausstehliche Zimtzicken, hirnlose Tussis gab es in meinem Umfeld mehr als genug. Dafür war nur erforderlich, den Fokus verändern.

Biene lag schnarchend neben mir im Körbchen und drehte mir ihren Rücken zu. Sie war sauer, weil ich sie anstatt mit einer köstlichen Mahlzeit mit einer simplen Kaustange abgespeist hatte. Meine Finger huschten wie von selbst über die Tastatur und es wurde lesbar, was in meinem Unterbewussten so abging. Der Titel des Kurzkrimis, den ich schrieb, lautete: Schicksalhafte Begegnung am See. Der Protagonist war Ronnys Herrchen und er lag, nachdem ich mit ihm fertig war, röchelnd hinter einer Parkbank. Ich speicherte den Text schnell ab und ließ ihn in den Tiefen meiner Ablage verschwinden.

Unsere Gassirunde am nächsten Tag führte wieder zum See. Wir erreichten den fiktiven Tatort. Ich setzte mich so unauffällig wie möglich auf die Bank. Gerne hätte ich sofort im Gebüsch dahinter nachgeschaut, ob dort eine Leiche lag, aber ich wollte nicht den Eindruck erwecken, als suche ich nach leeren Pfandflaschen.

Die Tatortinspektion erübrigte sich, denn Ronny und Herrchen kamen den Weg entlang auf unsere Bank zu. Biene stand erwartungsvoll zur Begrüßung des Hunde-mischlings bereit und sie wedelte unaufhörlich mit ihrer Rute. »Pass auf, dass du keinen Muskelkater bekommst«, flüsterte ich ihr zu. Mir blieben circa dreißig Sekunden, um mir zu überlegen, wie meine Begegnung ausfallen sollte. Sie reichten aus, um die giftigen Worte herunterzuschlucken, die mir auf der Zunge lagen. Freundlich grinsend begab ich mich auf eine neutrale Gesprächsebene.

»Hallo, sind Sie öfter hier am Weiher? Ich hab Sie hier vorher nie gesehen?«

»Ab jetzt werde ich mit Ronny hier regelmäßig spazieren gehen. Mein neuer Lebensabschnitt bringt das mit sich.«

Ich ließ diese Antwort unkommentiert. Wenn du glaubst, dass ich dich jetzt nach deiner aktuellen Lebensphase fra-gen werde, dann hast du dich geschnitten. Ich presste meine Lippen aufeinander und wandte mich ab. Meine starre Körperhaltung sollte ihm signalisieren, dass ich an seinem Leben kein Interesse hatte. Mein Blick galt nur den Hun-den, die sich im Kreis drehten und sich beschnupperten. Die Situation, wie er da so vor mir stand und auf mich her-absah, gefiel mir nicht. Ich löste meine abweisende Haltung und rückte an das äußere Ende der Bank und bot ihm an, sich zu setzen.

»Danke«, hörte ich. »Man hat von hier eine so wunderbare Aussicht auf den See.«

Die in der Länge flexibel einstellbaren Hundeleinen verhedderten sich und Ronny stand in seiner Bewegungsfreiheit eingeschränkt laut kläffend in den Büschen hinter unseren Rücken. Vor meinen Augen baute sich das Bild auf, das ich am Schreibtisch sitzend gesehen hatte. Ronnys Herrchen, gerade von mir umgebracht, lag genau hinter dieser Bank.

»Passen Sie auf, dass Sie bei dem Versuch Ihren Kläffer zu befreien, keine Leiche finden«, sagte ich.

»Sie haben aber eine morbide Fantasie.«

Wenn du wüstest, dachte ich.

»Fühlen sie sich hier nicht sicher? Wir können gerne gemeinsam unsere täglichen Runden mit Biene und Ronny drehen. Die beiden scheinen sich ja gut zu verstehen.«

Mich ärgerte, dass er den Beschützer heraushängen ließ. Bestimmt hatte er bei meinem Spruch nicht eine Männer- sondern an eine Frauenleiche vor Augen gehabt.

Macho, durch und durch, überlegte ich und verabredete mich für den nächsten Tag trotzdem wieder mit ihm, Torben, wie ich ihn jetzt nennen durfte.

Wie er da so neben mir auf der Bank gesessen hatte, habe ich nicht die Aussicht auf den See genossen, sondern ihn und besonders seine Hände studiert. Lange und schlanke Finger, perfekte Fingernägel, eine makellos feine Haut. Arbeitshände waren das nicht. Sein Profil war weich und gefällig. Ich sah ihn unter einem grünen Tuch auf dem Edelstahltisch in der Rechtsmedizin liegen. Seine Haut war straff und leicht sonnengebräunt und er hatte einen gepflegten Drei-Tage-Bart. Mir war es in meinen Geschichten immer wichtig, dass die männlichen Opfer, die ich auswählte, attraktiv aussahen. Mit schönen Menschen hat der Leser mehr Mitleid.

Der Text, der an diesem Abend entstand, drehte sich erneut um Torben. Aber der Auffindeort seines toten Körpers war nicht das versiffte Umfeld einer schmuddeligen Parkbank. Diesmal hatte er einen sanften Tod erlitten und schien sogar ein zartes Lächeln auf seinem Antlitz zu haben. Er lag in einem Bett, eingehüllt von mintfarbener Seidenbettwäsche.

Mittlerweile traf ich Torben und Ronny mindestens einmal täglich. Ich nannte diese Spaziergänge jetzt statt Gassirunde Rechercherunde, und ich genoss sie mehr, als ich mir eingestand.

Bei meinem letzten Supermarktbesuch stolperte ich über einen Sonderverkaufsständer mit hoch aufgestapelten weihnachtlich geschmückten Lebkuchendosen. Schlagartig war dieses schreckliche Weihnachtsgefühl wieder präsent. Ich liebte Lebkuchen und kaufte mir eine dieser Packungen. Ich esse sie lieber heute, als alleine unter dem Weihnachtsbaum, dachte ich.

Am Nachmittag saßen wir auf unserer ersten Tatortbank und ich bot Torben einen dieser Lebkuchen an. Biene und Ronny kauerten wie verabredet nebeneinander, sahen uns gierig an und bettelten.

»Darf ich dich was fragen?«, sagte Torben.

Ich biss in das weiche gigantisch leckere Weihnachtsgebäck und genoss es mit geschlossenen Augen.

»Klar«, versuchte ich mit vollem Mund zu formulieren und nickte mit dem Kopf dazu.

»Warum hasst du Weihnachten? Warum widerstrebt es dir, einen Weihnachtsbaum schmücken?«

Ich kaute langsam weiter. Die Masse in meinem Mund wurde zu einem faden Teigklumpen, den ich runterwürgte. Es dauerte lange, bis ich sprechen konnte.

»Weil Weihnachten ein Fest mit zwei Gesichtern ist. Entweder es ist schön und glanzvoll und wird getragen von der Liebe oder es ist einsam und traurig und man versinkt in Melancholie.«

»Verstehe.«

»Nichts verstehst du.« Ich stand auf, zog Biene hinter mir her und eilte davon.

»Dann erkläre es mir bitte«, rief er mir nach. Aber ich drehte mich nicht mehr um.

Am Abend schrieb ich einen Nikolauskrimi. Torben war der Nikolaus. Der gute Mann in seinem roten mit weißem Pelz umrandeten Gewand saß, erfroren auf der Parkbank am Weiher und die ersten Schneeflocken legten sich sacht auf ihn und die Landschaft. Diesmal empfand ich eine Spur von Mitleid mit meinem Opfer. Nikoläuse bringt man nicht um. Sie sind die Freunde der Kinder und durch und durch liebenswert. Ronny tat mir leid. Er kauerte neben seinem ermordeten Herrchen und sah in dem roten Hundemäntelchen so megaalbern aus. Er zitterte vor Kälte. Das Geweih auf dem Kopf verwandelte ihn nicht in ein Rentier.

Es reicht! Ich muss mit diesen mörderischen Spielchen aufhören. Beim Schreiben der Geschichte hatte ich bemerkt, dass es mir Freude gemacht hatte, das weihnachtliche Set-up für den Text zu gestalten. Ich war in einer Schreibpause sogar in den Keller gegangen und hatte in die eine oder andere Weihnachtskiste geschaut und dort nach Inspiration gesucht.

Einen Tag später schellte es an meiner Haustür, lange bevor ich mich mit Biene auf den Weg machte. Torben und Ronny hatten auf der Fußmatte Position bezogen.

»Wir möchten euch abholen«, sagte Torben. Er druckste herum wie ein kleiner Junge und sah unbeholfen und hilflos aus. In dem Moment erfasste mich ein seltsames Gefühl. Wir standen uns schweigend gegenüber. Torben schien ebenso in einem Vakuum gefangen zu sein wie ich.

»Und ich würde gerne mit dir sprechen«, flüsterte er. Nachdem wir uns intensiv und recht lange in die Augen geschaut hatten, schien uns die Blase, die uns umschloss, freizugeben.

Ich öffnete die Tür weit und die beiden traten in meine Diele.

»Du kannst Ronny von der Leine lösen. Weglaufen wird er nicht. Mir scheint, Biene hat auf ihren Freund gewartet.« Ich bat Torben in die Küche und schenkte ihm einen Kaffee ein.

»Ich ertrage es nicht, dass du Weihnachten hasst und Melancholie dich umhüllt. Lass uns das Weihnachtsfest zusammen verbringen. Wir werden es für uns wieder zum Ursprünglichen verwandelt, zu dem Fest der Liebe.«

Ich zeige nie spontane Reaktionen. Auch jetzt saß ich nur da, hielt mit beiden Händen meinen Kaffeebecher umschlossen und gab mich meinen Gedanken hin. Ich sah mich mit Torben durch einen verschneiten Wald laufen. Wir suchten eine Tanne aus, die wir später gemeinsam dekorierten. Ich überlegte, was ich am Heiligen Abend kochen würde, ich die seit Wochen nur eine Dose öffnete und ein schnelles Essen auf den Herd brachte. Ich sah aus dem Fenster und Schneeflocken fielen aus dicken grauen Wolken. Sacht verwandelten sie die Welt da draußen in eine Winterlandschaft. Ich wachte auf aus diesem Traum und sah in seine erwartungsvollen Augen. Da war nichts Machomäßiges mehr zu sehen.

»Gute Idee«, sagte ich, »die beste seit langer Zeit.«

Torben nahm meine Hand und strich sacht darüber. Ein wohliger Schauer lief mir über den Rücken. Wie war es nur möglich, so einen Mann mehrfach umzubringen? Ich entschuldigte mich für einen Moment und ging an meinen Schreibtisch. Die Nikolausgeschichte stand lesbar auf dem Display. Ich klickte oben rechts die Lupe an: Im Dokument suchen, las ich und schrieb Torben in die freie Zeile. Dann ersetzte ich im ganzen Text seinen Namen mit einem Klick durch Raimund. Ein ehemaliger Schulkollege, den ich schrecklich fand, hieß so. Er war die perfekte Nikolausleiche. Ronny ersetzte ich durch Paule.

Ein Hauch von Freude auf das Weihnachtsfest ergriff mich. Wir würden uns besser kennenlernen. Die Chance bestand, dass mehr daraus wurde. Ich konnte es mir plötzlich vorstellen. Alle anderen Krimigeschichten würde ich umschreiben und Torben niemals erzählen, wie oft ich ihn umgebracht hatte, bevor ich mich in ihn verliebte.

Das Krimischreiben gab ich nicht auf. Ich widmete mich von da an dem Kreis der Frauen, wie ich es mir vor Wochen schon einmal vorgenommen hatte, und nahm sie in meiner Opferliste auf.

Torben und ich sind jetzt schon lange ein Paar. Weihnachten wurde für uns das Fest der Liebe. Wenn wir zusammen mit den Hunden durch die Natur streifen, beteiligt er sich an den Recherchen und vor allem an der Opfersuche. Aber, dass er auch einmal einer meiner Protagonisten war, auf die Idee ist er bisher noch nicht gekommen.

(Erstveröffentlichung in der Anthologie: Weihnachtszauber, Paashaas Verlag 2022)

Schnaps unterm Weihnachtsbaum

Weihnachten näherte sich mit großen Schritten. Wenn Klara an Geschenke dachte, wurde ihr ganz schwer ums Herz. Sie freute sich nicht auf das Fest der Liebe. Auch ihre Kinder hatten in der Schule Wunschzettel geschrieben. Am Abend legten Anne und Hannes diese, sorgfältig zusammen und steckten sie in einen Briefumschlag. Noch bevor ihre Mutter sie zum Abendessen rief, hatten sie die Umschläge mit Sternen, Tannenbäumen und Kerzen kunstvoll bemalt und versteckten sie auf der Fensterbank hinter der Wohnzimmergardine. Sie hofften, dass das Christkind in der Nacht vorbeischauen würde und ihre Briefe mitnahm.

Am nächsten Morgen staunten sie, dass ihre Wunschzettel nicht mehr dort lagen. Sie waren sich einig, dass das Christkind jetzt fleißig daran arbeitete, ihnen ihre Wünsche zu erfüllen. Klara stiegen Tränen in die Augen, als sie stellvertretend für das Christkind die Briefe öffnete. Die Wünsche ihrer Kinder rührten sie. Es waren Kleinigkeiten, die sie unter dem Weihnachtsbaum erhofften. Doch für Klara waren diese Kinderwünsche unerfüllbar. Sie verfügte über kein Geld für Weihnachtsgeschenke.

Was ihr Mann auf der Zeche verdiente, entzog sich ihrer Kenntnis, aber sie schätzte, dass es nicht wenig war. Sie ärgere sich über die Knauserigkeit ihres Ehemannes, der Weihnachten nur als Geschäftemacherei ansah und diesen Trend nicht mitmachte. Sie verzichtete gern auf Geschenke, wenn er nur den Kindern eine Freude machen würde. Aber Alfons blieb hart. Es kam immer wieder zum Streit zwischen ihnen. Je näher das Weihnachtsfest kam, umso trauriger wurde Klara. Sie war die ewige Zankerei um das liebe Geld leid. Am schlimmsten war es für sie, ihre Wut im Zaum zu halten. Sie wollte nicht, dass die Kinder die Auseinandersetzungen mitbekamen. Doch am meisten ärgerte sie, dass Alfons, der jedermanns Freund war, sich mit seinen Kumpeln traf und einen großen Teil des Geldes versoff und sich mit einer Lokalrunde nach der anderen, Freundschaften erkaufte.

Die Kinder würden auch in diesem Jahr wieder enttäuscht vor dem Weihnachtsbaum stehen. Sie würden leer ausgehen und sie würden sich fragen, warum das Christkind sie, wie im letzten Jahr, erneut vergessen hatte.

Aber in Klaras Haushaltskasse war nichts übrig für Geschenke. Es reichte, um ein tägliches bescheidenes Leben zu finanzieren. Alfons rückte nicht eine Mark mehr raus. Im letzten Jahr hatte Klara regelmäßig einen kleinen Betrag gespart, um den Kindern wenigstens die Weihnachtsteller zu füllen, die sie hoffnungsvoll für das Christkind aufgestellt hatten.

Wenn sie Alfons nach etwas Extrageld fragte, stellte er seine Ohren auf Durchzug und ignorierte ihre Frage. Im letzten Jahr, kurz vor Beginn der Adventszeit, war er sogar so dreist gewesen und hatte ihre winzige Rücklage, die er hinter dem Stapel Handtücher im Schlafzimmerschrank gefunden hatte, für eine Flasche Schnaps ausgegeben. Seine Feigheit, zuzugeben, dass er das Geld genommen hatte, brachte sie zur Weißglut. Sie wollte sich gar nicht mehr an die traurigen und enttäuschten Gesichter ihrer Kinder erinnern. Sie waren sauer auf das Christkind gewesen, weil es an ihrem Haus vorbeigeflogen war.

In diesem Jahr hatte sie ihre kleine gesparte Summe im Gartenschuppen unter einem losen Bodenbrett versteckt. Für sie war es Freude genug, ein paar Süßigkeiten für die Kinder zu kaufen und ihre alten Pappweihnachtsteller mit den pausbackigen Engeln, zu füllen. Aber sie hatte auch etwas für Alfons gekauft. Um die Flasche Korn band sie ein rotes Schleifchen und schrieb auf die Vorderseite des Etiketts: *Frohe Weihnachten, mein lieber Alfons.* Für eine Literflasche Doppelkorn hatte das Geld nicht gereicht. Sie hatte an der Bude einen Flachmann entgegengenommen. Für den Heiligabendrausch, den Klara für ihren Mann geplant hatte, würde es genug sein. Alfons Augen strahlten angesichts der Flasche unter dem Baum. Damit hatte er nicht gerechnet.

»Da sieh mal einer an, da hat das Christkind in diesem Jahr sogar an den Papa gedacht. Hat meine Frau endlich gelernt, mit ihrem Geld zu haushalten.« Statt einem kleinen Dank hatte Alfons nur Spott auf den Lippen. Dann schraubte er den Verschluss ab, prostete dem mickerigen Plastikbaum mit den selbstgebastelten Strohsternen zu und setzte die Flasche an den Hals.

Bei Kartoffelsalat und Würstchen saßen kurze Zeit später alle am Tisch. Alfons hatte seine Stimme nicht mehr unter Kontrolle. Beim Tischgebet nuschelte er nur noch vor sich hin. Das einzig Positive an seiner Sauferei war, dass er nicht renitent wurde und herumpöbelte, wie andere Trunkenbolde. Alfons wurde nur müde und schlief ein.

Die Kinder schalteten den Fernseher ein. Sie setzten sich im Schneidersitz auf den abgetretenen Teppich vor die Flimmerkiste und aßen nebenbei die spärlichen Süßigkeiten von ihren Weihnachtstellern. Alfons streckte sich auf dem alten grünen Plüschsofa aus. Es dauerte nur kurze Zeit und er schnarchte so laut, dass die Kinder den Ton am Fernseher um vier Stufen höher einstellten. Klara hantierte derweil in der Küche. Später brachte sie Anne und Hannes ins Bett. Sie deckte sie liebevoll zu und schlich wieder ins Wohnzimmer zurück. Alfons lag immer noch auf dem Sofa. Sie schloss ihre Augen und lauschte. Seine ekeligen Schlafgeräusche waren verstummt. Alfons würde nie mehr schnarchen.

Klara stand am geöffneten Schlafzimmerfenster und starrte in den sternenklaren Nachthimmel. Sie war froh, dass sie eine Woche vor dem Fest Mike, den Arbeitskollegen von Alfons, getroffen hatte. Er hatte sie auf einen Kaffee eingeladen, den sie zuerst abgelehnt hatte. Doch er hatte darauf bestanden. Er war höflich und zuvorkommend gewesen. Es war leicht, an die Information zu kommen, was ihr Mann an jedem Monatsende in der Lohntüte ausgehändigt bekam, denn die beiden Kumpel arbeiteten auf der Zeche in einer Schicht. Mike war außerdem redselig und machte kein Geheimnis aus seinem Gehalt.

Ein neues Leben wartet auf mich. Sechzig Prozent Witwenrente steht mir zu. Das ist eine Menge Geld. Über eine so große Barschaft habe ich bisher nie verfügt. Wir werden einen echten Weihnachtbaum mit roten Kugeln und silbernem Lametta schmücken. Der Baum wird im Kerzenschein leuchten. Die Kinder werden Geschenke auspacken. Dem Christkind gegenüber werden sie sich versöhnlich zeigen. Möglich, dass ich mich im Laufe des Jahres ab und zu mit Mike treffen werde. Nur eines wird es bei uns nie wieder an Heiligabend geben, den Schwur legte sie ab: Schnaps.

Der Weihnachtseinkauf

»Also, meine Damen, wie Sie sehen, glaubt da jemand, wir sind in dieser arbeitsreichen Vorweihnachtszeit nicht genug ausgelastet«, sagte die Chefin des Einzelhandelsgeschäftes für Haustextilien zu ihren Mitarbeiterinnen. »Wir müssen jetzt, so leid es mir tut, mitten im Trubel des Weihnachtsgeschäfts eine Inventur machen, um festzustellen, was entwendet wurde. Die Einbrecher, die heute Nacht hier gewütet haben, tragen die Schuld an den Überstunden, die jetzt auf Sie und mich warten.«

Entsetzt und erschrocken standen die drei Verkäuferinnen und die beiden Auszubildenden mit ihrer Chefin in einem riesigen Chaos, das die nächtlichen Besucher hinterlassen hatten. Die akkurat aufgefalteten, flauschigen Handtücher und Badetücher lagen nicht mehr in den Regalen, sondern auf dem Boden. Es sah aus, als hätten die Einbrecher im Vorbeigehen das gesamte Frottee-Angebot auf einen Haufen geworfen.

Die Bettwäschegarnituren, die vorher nach Materialien und Größen sortiert, aufgereiht in den Regalen gelegen hatten, lagen zwischen den Verkaufstischen verstreut. Jana, die Auszubildende im ersten Ausbildungsjahr, entdeckte einige Wäschepackungen eine Etage höher in der Abteilung für Tagesdecken, Wolldecken und Daunendecken.

Ein weiterer textiler Berg bestand aus Betttüchern, die sich nicht nur in Qualität und Farbe unterschieden, sondern auch nach Maßen, und das Spektrum war recht groß. Teilweise waren die Matratzenüberzüge aus den

Verpackungen herausgezogen. Wie schwer es ist, ein Frottee- oder Jersey-Spannbetttuch, das einmal seine Packung verlassen hat, wieder so zusammenzulegen, dass die Zellophan-Verpackung nicht den Eindruck erweckt, niemals groß genug gewesen zu sein, um diese voluminöse Masse zu zähmen, das wussten alle Mitarbeiterinnen.

Kein einziger Artikel, der zum Warenangebot dieses Geschäftes zählte, lag noch an der Stelle, an der er ursprünglich gelagert wurde.

Üblicherweise haben es Einbrecher auf Bargeld abgesehen. Aber die Ladenbesitzerin oder eine der Mitarbeiterinnen brachten am Abend zu unregelmäßigen Zeiten auf unterschiedlichen Wegen, die Tageseinnahmen zur Bank. Manchmal befand sich die Geldkassette in der Handtasche, mal in einer Aktentasche oder nur in einem Einkaufsbeutel. Die Absicht war, Regelmäßigkeiten zum Schutz derjenigen Personen zu vermeiden, die jeden Abend den Weg zur Bank einschlugen.

Die Registrierkasse wurde nach Ladenschluss sperrangelweit geöffnet, damit potentielle Einbrecher nicht das Kassensystem zerstörten, um sich Zugriff auf die Barschaft zu verschaffen. Um die Enttäuschung über die leere Kasse in Grenzen zu halten, wurde das Wechselgeld, bestehend aus Münzen und ein paar wenigen kleinen Scheinen in den Fächern belassen.

»Ansonsten wird der Zerstörungswahn nur angestachelt«, begründete die Chefin ihre Handlungsweise. »Lieber einhundert Mark geopfert, als mehrere tausend für eine zerstörte Kasse ausgeben zu müssen.«

Sie hatte recht behalten. Der überschaubare Kasseninhalt war weg, aber nichts wurde beschädigt. Die Kaffeekasse, eine leicht verbeulte Blechdose, fehlte komplett.

Bevor die Mitarbeiterinnen mit dem Aufräumen begannen, geisterte die Spurensicherung der Kripo durch die Räume. Kleine, wuschelige Pinsel wurden gezückt und mit ihnen das dunkelgraue, fast schwarze Graphitpulver zur Sicherung der Fingerabdrücke aufgestäubt. Die Theken, Eingangstüren, Glasvitrinen, Säulen, Tische, Spiegel, Schränke und Regale bedurften später einer eingehenden Säuberung. Es wurden Fingerabdrücke genommen. Alle, dem Unternehmen zugehörigen Personen mussten im Personalraum antreten, um Vergleichsabdrücke zu erstellen.

Am Tag nach dem Einbruch blieb das Geschäft geschlossen. Nachdem die Kripo abgezogen war, nahmen sich, bewaffnet mit Inventurblock und Stift, jeweils zwei Mitarbeiterinnen ein Warenregal vor. Es wurde aufgefaltet, zusammengelegt, gestapelt, sortiert, eingepackt, gezählt, Stückzahlen, Artikelnummer, Farbnummer wurden vorgelesen und aufgeschrieben.

Am Nachmittag rauchten allen die Köpfe. Die Chefin unterbracht die emsige Arbeit und lud ihre fleißigen Helferinnen in die gegenüberliegende Pizzeria ein. Dann begann der Endspurt.

Jana räumte den Kassenbereich rund um die Packtheke auf, stellte die Stifte wieder in die Köcher, sortierte die Scheren, stapelte die Geschenkbandrollen und füllte das weihnachtliche Geschenkpapier nach. Mit einem Zollstock holte sie die angefangene Rolle Schleifenband unter dem Regal hervor.

Einen Tag später sollte das Fachgeschäft wieder geöffnet haben und sich erneut dem Weihnachtsgeschäft stellen. Die Tage bis zum Weihnachtsfest waren gezählt, und so mancher Kunde suchte in der Praktikabilität und Schönheit der Artikel, die für Bad, Schlafzimmer und Küche geeignet waren, das passende Weihnachtsgeschenk.

Die Chefin sammelte alle Inventurbögen ein und erstellte über Nacht den statistischen Abgleich.

Die Erkenntnisse, die die Listen in sich bargen, die an die Polizei und die Versicherung geschickt werden mussten, und die Angaben über die entwendeten Dinge enthielten, war ungewöhnlich: Der Einbruch schien, eine weihnachtliche Einkaufsaktion gewesen zu sein. Die Straftat hatte zur Folge, dass ein farblich aufeinander abgestimmtes Sortiment an Handtücher, Badetüchern, Gästetüchern, Waschhandschuhen, Wolldecken, Tagesdecken, Bettwäschegarnituren mit den dazugehörigen farblich passenden Spannbetttüchern, Küchentüchern und Geschirrtüchern fehlten. Die Liste der entwendeten Artikel spiegelte die farbliche Vorliebe des Einbrechers. Das Diebesgut harmonierte perfekt miteinander. Lindgrün war die vorherrschende Farbe.

»Da bin ich mal gespannt, unter welchem Weihnachtbaum unsere lindgrüne Geschenkpalette Freude machen wird«, sagte die Chefin lächelnd. Aber sie rechnete nicht wirklich damit, dass der Einbrecher jemals gefasst werden würde.

Jana merkte an, dass das vorgestern von ihr aus dem Lager geholte weihnachtliche Geschenkpapier und das Geschenkband zur Neige gegangen waren und sie schon wieder nachgefüllt hatte. »Da hat der Einbrecher in aller Seelenruhe seine Präsente eingepackt«, stellte sie fest.

Ein entwendeter Artikel verwunderte. Es fehlte die Kamelhaardecke, die extra für eine Kundin bestellt, im Schrank für Abholware gelegen hatte. Nach den Feiertagen lieferte der Hersteller endlich den Ersatz. Eine Verkäuferin suchte in der Kundenkartei die Telefonnummer der Kundin heraus. Sie verkündete, dass die bestellte Kamelhaardecke endlich eingetroffen sei, und entschuldigte sich für die verspäte Lieferung.

»Das kann nicht sein, da handelt es sich gewiss um einen Irrtum«, antwortete die Kundin. »Ich habe die Decke von meinem Schwiegersohn, als Weihnachtsgeschenk bekommen.« Sie lobte die Qualität des kuschelig flauschigen Kamelhaars und ergänzte: »Es zahlt sich immer aus, in ihrem Fachgeschäft einzukaufen.«

»Tja, Diebe sind auch nur Menschen«, antwortete die Chefin, als sie von diesem Telefonat erfuhr. »Sie haben sogar Schwiegermütter.«

Dann wählte sie die Nummer des ermittelnden Beamten in der Einbruchssache.

(Erstveröffentlichung in der Anthologie: Diebe sind auch nur Menschen, net-Verlag, 2011)

Winter-Liebe

Er stellte sich neben sie, nahm ihr die Luft zum Atmen. Sie war zu keiner Reaktion fähig. Er berührte ihre Hand, umschloss sie. Der Druck wurde stärker, fordernder. »Komm!«, flüsterte er.

Einem vorbeieilenden Kellner überreichte sie ihr Sektglas. Wer war dieser gutaussehende Mittvierziger, der sie durch die feiernde und weihnachtlich eingestimmte Gesellschaft führte?

Er war ihr bisher auf keinem Meeting aufgefallen. In der Hotelhalle, vor den Blicken der Arbeitskollegen verborgen, küsste er sie. Cordula ließ es geschehen. Ihr Körper entspannte sich. Sie schmeckte seinen Kuss. Es fühlte sich so vertraut an. Dann lösten sich voneinander und er setzte zu einer Erklärung an. Sie legte ihren Zeigefinger auf seine Lippen.

»Ich weiß auch nicht, was gerade mit mir passiert. Ich fühle mich durch dich wie in einer anderen Welt.«

Cordulas Gefühle spielten verrückt. Sie begehrte diesen Mann, auch wenn es nur für eine Nacht sein würde.

»Glaubst du an Liebe auf den ersten Blick?«, fragte er.

Cordula hatte aus dem Kontingent der reservierten Hotelzimmer eines bezogen. Die Unternehmensleitung war großzügig, sie hatte den weit Angereisten Zimmer zur

Verfügung gestellt. Jetzt übernahm Cordula die Initiative. Sie griff seine Hand und zog ihn zum Fahrstuhl.

Die blanken Spiegel in der kleinen Kabine zeigten ein eng umschlungenes Liebespaar, das nicht voneinander lassen konnte. Leise Weihnachtsmelodien übertönten das Surren des Aufzugs, der sich vibrierend nach oben bewegte.

Es war spät am nächsten Tag, als Cordula erwachte. Sie hatte tief geschlafen, fast komatös. Die Berührung der Nachttischlampe tauchte das Zimmer in spärliches Licht. Das Bett neben ihr war leer. Sie stand auf, schlang sich die Zudecke um ihren Körper und ging ins Bad. Auch dort fand sie ihren Liebhaber nicht. Ihre Blicke durchsuchten den Raum. Nichts erinnerte an den Mann, dem sie die Liebesnacht zu verdanken hatte. Enttäuscht trat sie ans Fenster und zog die schweren Gardinen zur Seite. Feine Schneeflocken wirbelten durch die Luft. Vor ihr verwandelte sich die Gegend in eine Winterlandschaft. Melancholie ergriff sie. Sie bereute die Nacht nicht. Nein. Aber sie hatte gehoffte, dass diese sexuelle Begegnung nicht als ein unverbindliches Arrangement unter Erwachsenen enden würde. Was hatte er gemeint, als er die Liebe auf den ersten Blick ins Spiel gebracht hatte? Warum sollte sie nicht endlich einmal Glück haben? Alle zurückliegenden vertrackten Affären und Beziehungen waren an ihr vorbeigerauscht. Sie wünschte sich einen Mann zum Heiraten.

Auf dem Boden entdeckte sie einen kleinen Zettel. Sie musste ihn mit der Bettdecke vom Tisch gefegt haben.

Warte auf mich. Ich muss etwas erledigen. Bin später wieder bei dir. In Liebe Max.

»Max«, flüsterte sie. »Du heißt also Max, ein schöner Name.«

In Liebe. Große Worte.

Die Enttäuschung über sein Verschwinden verflüchtigte sich. Cordula duschte und naschte im Vorbeigehen von den köstlichen Plätzchen aus der Weihnachtstüte. Sie schlüpfte in Jeans und Pulli und schlang sich einen Schal um den Hals. Inmitten der verschneiten Landschaft bot sich ein Spaziergang an. Rund um das Hotel wurden die Wege freigeschaufelt. Sie stapfte weiter durch den Schnee bis zum Weiher. Eine dunkle Eisfläche lag vor ihr. Der Wind fegte die Flocken über den zugefrorenen Teich. Vorsichtig trat sie auf das Eis. Am Rande stand ein kleines Schild: *Betreten der Eisfläche auf eigene Gefahr*. Sie rutschte ein kurzes Stück. Dann stampfte sie fest auf. Das Eis hielt. Dennoch glaubte sie, ein leises Knacken zu hören.

Sie umrundete den Jägerweiher. Als der Schneefall zunahm, eilte sie zum Hotel zurück und genehmigte sich zum Aufwärmen einen Punsch an der Hotelbar. Warten konnte so schrecklich sein. Würde Max zu ihr zurückkommen? Je länger sie an der Bar saß, umso größer wurden ihre Zweifel.

Am Abend stand Max wieder vor ihr. Er hielt eine Christrose in der linken Hand und seine rechte umschloss eine Flasche Wein. Es dauerte nur Sekunden und sie fielen übereinander her und liebten sich, als hätten sie monatelang Verzicht geübt.

Cordula erwachte. Max hatte seinen Arm um ihren nackten Körper geschlungen und drückte sie fest an sich.

»Danke für die bezaubernde Christrose«, flüsterte sie. »Hast du auch Hunger?«

»Ja«, antwortete Max. »Was hälts du davon, wenn wir den Zimmerservice in Anspruch nehmen? Ich werde unser Liebesnest heute Abend nicht mehr verlassen.« Er drehte sich zu ihr und küsste sie leidenschaftlich.

Das Frühstück ließen sie sich ebenfalls auf das Zimmer bringen. »Wie wäre es gleich mit einem Spaziergang?«, fragte Cordula. »So ein Winterwetter kurz vor Weihnachten haben wir nicht jedes Jahr.« Sie erhob ihr Glas Prosecco und prostete Max zu.

»Das ist eine blendende Idee. Aber vorher habe ich noch eine Kleinigkeit zu erledigen«, sagte Max.

»Geschäfte?«, fragte Cordula. »Ich dachte, die Betriebsferien, die nach der gestrigen Weihnachtsfeier begonnen haben, sind für alle Mitarbeiter.«

»Ich wohne nicht weit entfernt in Waldsee. Ich bin Pfälzer. Meine Eltern warten auf mich. Ich muss für sie ein paar Besorgungen machen. Hab‘s ihnen versprochen.«

Cordula hatte sich vorgenommen, Max nicht mit Fragen zu löchern, obwohl sie sehr neugierig auf seine Lebensumstände war. Aber sie wollte ihn nicht bedrängen.

»Für den Bruchteil einer Sekunde habe ich gedacht, du müsstest zu Frau und Kindern, um sie bei Laune zu halten«, sagte sie und lachte. Max nahm sie in den Arm und küsste sie innig und zärtlich.

Am frühen Abend stand er, wie versprochen, wieder vor ihrem Hotelzimmer. Den Schneespaziergang verschoben sie auf den nächsten Tag. Dunkelheit hatte sich bereits über den Wald gelegt. Außerdem lud das kuschelig warme Bett ein.

Max hatte in einer kleinen Winzerstube einen Tisch reserviert. Wohlige Wärme empfing sie im weihnachtlich geschmückten Raum. Im Kamin knisterten Holzscheite. Das Menü hatte er bereits telefonisch bestellt.

»Hier gibt es weit und breit den besten Gänsebraten. Ich hoffe, er wird dir schmecken.«

»Ich liebe Gans zu Weihnachten«, sagte sie.

»Dieses Lokal ist besonders interessant. Der Wirt wird später die Gans servieren und direkt am Tisch tranchieren. Dazu erzählt er immer lustige Geschichten.«

Ob die Geschichten wirklich lustig waren, konnte Cordula nicht beurteilen, denn den Erzählungen im pfälzischen Dialekt, konnte sie nicht folgen.

Leicht beschwipst von der Flasche Spätburgunder, die sie zum Essen geleert hatten, kämpften sie sich durch heftig einsetzenden Schneefall zum Hotel zurück. Dicke Flocken fielen auf sie nieder. Max küsste Cordula. »Ich liebe dich«, flüsterte er ihr ins Ohr.

»Weißt du, wie man die Seen hier nennt?«, fragte er.

»Keine Ahnung, ich bin zum ersten Mal in dieser Gegend. Es ist deine Heimat, du wirst sie mir sicher bald vorstellen.«

»Die Seen gehören zur *Blauen Adria*. Im Sommer ist es hier großartig«, schwärmte er. Über eine Landzunge, die sich in den See erstreckt, erreicht man zu Fuß die *Liebesinsel*.

»Meinst du, wir finden sie bei diesem Schneetreiben?«, fragte Cordula.

»Keine Ahnung, so oft bin ich hier im Winter bei Schnee noch nie gewesen. Und außerdem ist es zu dunkel.«

Cordula griff seine Hand und zog ihn hinter sich her.

»Soll ich dir noch eine kleine Geschichte erzählen?«, fragte er.

»Ja, wenn du nicht pfälzisch sprichst«, entgegnete sie.

»Sie handelt von einem Schäfer im 19. Jahrhundert. Er führte seine Schafherde über die zugefrorenen verschneiten Seen. Das Eis hielt nicht und ein Großteil der Herde versank. Eilig kamen die Metzger aus Waldsee an den Weiher und mussten die armen Tiere notschlachten.«

»Es scheint ja viele skurrile Geschichte in dieser Gegend zu geben«, flüsterte Cordula, »und ich kann nicht genug davon bekommen.«

Sie hatte das Stadium des Verliebtseins bereits abgelegt. Sie liebte Max und würde ihn heiraten. Nie war sie sich sicherer gewesen.

Am nächsten Tag schliefen sie lange und genossen ihre Zweisamkeit.

»Was machen wir an Weihnachten?«, fragte Cordula. »Wir sollten die Feiertage nicht hier im Hotelzimmer verbringen.«

Max verzog die Stirn in Falten und richtete seinen Blick gen Zimmerdecke. Er machte der Eindruck, als würde er anstrengend überlegen. »Ich gehe jetzt erst einmal unter die Dusche«, entschied er. »Wenn das heiße Wasser auf mich niederprasselt, hab ich immer die besten Ideen.«

Das Wasser im Bad rauschte und Cordula rekelte sich auf dem Laken. Ein kaum hörbares Vibrieren zeigte einen Anruf auf Max` Handy an. Sie griff danach und schaute in ein freundlich strahlendes Jungengesicht. Der Bursche war Max wie aus dem Gesicht geschnitten. Neben der Nummer stand: Max Junior. Sie nahm das Gespräch an.

»Hallo, Papa! Ich bin es, dein Sohnemann. Bitte komm pünktlich. Du hast versprochen, mit mir auf den Weihnachtsmarkt zu gehen. Ich muss noch ein Geschenk für Mama kaufen. Kannst du mich beraten? Ich freu mich auf dich.«

Cordula kappte die Verbindung und ließ sich ins Bett zurückfallen. Sie zog sich die Bettdecke über den Kopf und fiel in eine Schockstarre. Wie blöd bin ich eigentlich, dachte sie. Warum falle ich immer und immer wieder auf solche Typen herein? Bin ich dafür prädestiniert?

Sie stellte sich schlafend, als Max aus dem Bad kam. Es schien ihm gelegen zu kommen, denn er bewegte sich leise und rücksichtsvoll. Sie blinzelte und sah, wie er einen kleinen Zettel aus seiner Brieftasche fingerte und ihn auf den Tisch legte. Dann schloss sich sanft die Zimmertür und er war verschwunden.

Cordula sprang aus dem Bett, grapschte nach dem Papierschnipsel.

Warte auf mich. Ich muss etwas erledigen. Bin später wieder bei dir. In Liebe Max.

Ihr wurde schlecht. Sie zerknüllte den Zettel und warf ihn in ihre Handtasche. Ich weiß, worum du dich heute kümmern wirst, dachte sie.

Zuerst überlegte sie abzureisen, still und ohne Aufsehen zu verschwinden. Er würde sie schnell vergessen haben. Die nächste Affäre wartete sicher schon auf ihn. Und wenn nicht, hatte er ja noch seine Ehefrau. Den ganzen Tag musste sie an den Schäfer und seine Schafe denken und an das kleine Schild, das sie entdeckt hatte.

Eisfläche – Betreten auf eigene Gefahr

Die Seen würden jetzt auch völlig eingeschneit sein. Die Schneefälle dauerten bereits den ganzen Tag an. Am besten, ich locke ihn auf das Eis. Er bricht ein und versinkt, war ihr erster Rachegedanke.

Als Max an ihre Zimmertür klopfte, hatte sie ihn in Gedanken bereits vergiftet, erstochen und erwürgt.

Seine Küsse schmeckten nach gebrannten Mandeln und sein Atem roch nach Glühwein, den er nicht mit ihr getrunken hatte. Sie bestellte eine Flasche Wein auf das Zimmer und schenkte Max kräftig ein. Später an der Hotelbar überreichte sie Max einen Cognac und für sie mixte der Kellner einen alkoholfreien Cocktail.

»Lass uns noch einmal raus in den Schnee gehen«, schlug Cordula vor.

»Große Lust habe ich nicht. Ich bin müde. Mir ist mehr nach Kuscheln und, du weißt schon.«, sagte Max. Cordula war schon in ihre Winterstiefel geschlüpft und sah ihn bittend an. Max griff nach Schal und Handschuhen und folgte ihr. Nach wenigen Metern ließen sie sich rückwärts in den Schnee fallen. Die Bewegung ihrer Arme hinterließ Abdrücke, als hätten Engel hier gerastet. Ob er das mit Sohn und Ehefrau auch schon einmal ausprobiert hatte? Cordula formte Schneebälle und bewarf ihn damit. Der Alkohol zeigte seine Wirkung. Max bewegte sich träge und unkoordiniert. Aber er stolperte hinter ihr her. Wege waren keine mehr zu erkennen. Dann tauchte das Hinweisschild zur Benutzung der Eisfläche auf. Cordula realisierte, dass sie den See erreicht hatten. Von hier aus einige Schritte weiter nach rechts hatte sie einen alten morschen Kahn liegen sehen. Er war teilweise vom Eis umschlossen und jetzt schneebedeckt.

»Hier machen wir eine Pause«, sagte sie. Cordula kletterte in das Ruderboot. Sie wedelte den Schnee von den Sitzbänken.

»Gib mir deine Hand«, rief sie und bot Max Hilfestellung. Er schaffte es, einzusteigen, rutschte aus und fiel der Länge nach in das Boot. Er rappelte sich hoch und lehnte sich an die hölzerne Bordwand. Cordula setzte sich neben ihn und klopfte ihm den Schnee von der Jacke.

»Trara!«, rief sie und ihre Stimme klang seltsam in dieser winterlichen Idylle. »Schau mal, was ich für uns mitgenommen habe?« Sie hielt eine Flasche Rotwein in die Höhe. Ohne die Handschuhe auszuziehen, schaffte sie es, den Schraubverschluss zu entfernen, und reichte ihm die Flasche.

»Und, ist das nicht romantisch?«, fragte sie. »Hast du schon einmal an so einem malerischen Ort mit einer deiner Geliebten gesessen?« Max griff nach der Weinflasche und nahm einen großen Schluck und noch einen und noch einen. Er bemerkte nicht, dass es kein erlesener Pfälzer Wein war. Der leicht bittere Nachgeschmack schien ihn nicht zu stören. Es hatte zu schneien aufgehört und die Schneewolken verzogen sich. Der Mond legte jetzt sein zartes Licht auf die Schneelandschaft. Sterne traten hervor. Als Max eingeschlafen war, küsste sie zärtlich seine kalten Wangen.

»Max, warte auf mich. Ich muss etwas erledigen, bin später wieder bei dir. In Liebe, Cordula«, flüsterte sie.

Sie kletterte aus dem Kahn und entfernte sich eilig. Sie lief drauflos, wollte nur weg von diesem Kerl, der ihr wieder nur etwas vorgespielt hatte. Kalte Luft drängte sich in ihre Lunge. Völlig aus der Puste blieb sie stehen. Es knackte leise. Aber sie achtete nicht darauf. Das eisige Wasser ließ den Schnee schmelzen, krabbelte an ihren Stiefeln hoch und drang hinein. Die Eisfläche brach unter ihren Füßen weg. Ihre Hilferufe wurden von der verschneiten Landschaft geschluckt. »Max!«, röchelte sie ein letztes Mal, bevor sie verschwand und die dunkle nasse Kälte sie umschloss.

(Erstveröffentlichung in der Anthologie: Pfälzisch kriminelle Weihnacht, Wellhöfer Verlag 2019)

Der Wunschzettel

»Wir werden ja sehen, ob mir der Weihnachtsmann ein iPhone schenkt oder nicht«, rief Emilia. »Jenny hat eines zum Geburtstag bekommen. Und sie ist nur ein kleines bisschen älter als ich.« Wütend stapfte sie in ihr Zimmer. Die Tür fiel recht unsanft ins Schloss.

»Ich glaube, ich spinne!«, rief Emilias Mutter. »Wer hat dir bitte schön gesagt, dass ein iPhone das richtige Weihnachtsgeschenk für eine Siebenjährige ist?«, erklang ihre Stimme durch das Haus Richtung erste Etage. »Kommt gar nicht infrage. Wünsch dir etwas anderes.«

Emilia war sauer. »Ich will aber nichts anderes!«, brüllte sie durch die verschlossene Tür.

Am Vormittag hatte sie sich bereits mit Frau Heimann, ihrer Lehrerin, angelegt. In der Kunststunde sollten die Mädchen und Jungen der zweiten Klasse ihren Wunschzettel für das bevorstehende Weihnachtsfest gestalten. Emilia nahm einen großen weißen Bogen von einem Zeichenblock entgegen und malte in die Mitte mit schwarzer Wachsmalkreide ein Rechteck. Es dauerte nicht lange und sie hatte die umrandete Fläche schwarz ausgemalt. Darüber schrieb sie in dicken Druckbuchstaben WUNSCHZETTEL. Unter dieses dunkle Gebilde kritzelte sie in Rot EIFON.

»Fertig«, rief sie.

»Wie, schon fertig?«, fragte die Lehrerin, »Du scheinst ja wenig Wünsche zu haben. Hast du auch deinen Namen auf das Blatt geschrieben? Sonst weiß der Weihnachtsmann gar nicht, wem er das Geschenk am Heiligen Abend bringen soll.«

Emilia nahm einen Bleistift in die Hand und schrieb in die rechte untere Ecke auf eine extra gezogene Linie: EMILIA BOLTE. Die Druckbuchstaben balancierten auf dem Strich, als hätten sie auf der Weihnachtsfeier zu tief ins Glas geschaut. Emilia schielte zu ihrer Nachbarin herüber. Desiree wünschte sich einen Schminkkoffer und eine Babypuppe, die Pipimachen kann. Sie lachte. »Was wünschst du dir für einen Kinderkram?«, sagte sie. Emilias Finger schnellte in die Höhe.

»Emilia, was gibt es?«, fragte Frau Heimann.

»Jetzt bin ich aber richtig fertig. Was soll ich mit dem Zettel machen?«

Frau Heimann stand auf und legte eine neue Weihnachts-CD ein. Sie ging zu Emilias Platz und sah ihr über die Schulter.

»Was soll das denn sein?«, fragte sie ganz erstaunt.

»Können Sie nicht lesen?«, fragte Emilia empört. »Da steht doch ganz genau, was das sein soll.«

»Ein iPhone?«, sagte Frau Heimann und sah sie fragend an. »Ich glaube kaum, dass der Weihnachtsmann dir ein iPhone auf den Gabentisch legen wird.«

»Aber ich will nichts anderes«, sagte sie trotzig.

»Vielleicht solltest du noch eine rote Kerze und einen grünen Tannenzweig dazu malen, könnte sein, dass das dem Weihnachtsmann gut gefällt.«

Emilia faltete das Blatt umständlich zusammen und steckte es in ihren Schultornister. Es schellte.

»Vergesst nicht, am Wochenende die Wunschzettel fertigzumachen und am Abend, vor dem Zubettgehen, auf die Fensterbank zu legen«, riet Frau Heimann den Kindern. Diese hörten kaum noch zu, rissen die Tür des Klassenzimmers auf, stürmten in den Flur und rannten die Treppe hinunter, bereit für eine Schneeballschlacht auf dem Schulhof.

Emilia stand am Sonntag früh auf. Sie zog die Gardinen zur Seite. Vor ihr lag ein tief verschneiter Garten. Gleich nach dem Frühstück würde ihr Vater mit ihr in den Park gehen. Er hatte es versprochen. Dort gab es einen kleinen Hügel und er würde mit ihr rodeln. Sie ging zum seitlichen Fenster ihres Zimmers. Von hier aus schaute sie direkt auf das Haus der Nachbarn. Hinter den dicken weinroten Übergardinen dieses Kinderzimmerfensters hatte sie am Samstagabend ihren Wunschzettel auf die Fensterbank gelegt. Sie traute sich gar nicht, nachzuschauen. Ob der Brief noch dort lag? Nachts hatte sie nichts gehört, keinen kalten Luftzug gespürt. Vorsichtig schob sie den Vorhang zur Seite. Emilia war enttäuscht. Sie fand den Zettel genauso vor, wie sie ihn am Abend abgelegt hatte.

Verschlafen rieb sie sich ihre Augen und blickte nach draußen. Sie erschrak, trat einen Schritt zurück hinter die Übergardine. Vorsichtig schob sie ihren Kopf nach links und lugte mit einem Auge an der Fensterdekoration vorbei. Vor der Haustür der Familie Hofmeister stand der Weihnachtsmann. Sein roter Mantel reichte bis auf den Boden und war unten herum mit einem weißen Pelz besetzt. Über seiner Schulter hing schlaff ein brauner Sack. Er schaute sich noch einmal um und verschwand im Haus.

Emilia war aufgeregt. Sie trat vom Fenster zurück, stellte sich mit dem Rücken an die Wand. Ihr Herz schlug heftig. Was ist, wenn er als Nächstes zu uns kommt, um meinen Wunschzettel abzuholen, und ich bin schon wach? Vielleicht geht er sofort wieder, wenn er sieht, dass mein Bett leer ist. Sie verkroch sich schnell wieder unter der Zudecke und lauschte angestrengt. Nichts passierte. Schließlich konnte sie es nicht mehr aushalten und stand ganz leise wieder auf und schlich auf bloßen Füßen zum Fenster. Vorsichtig schaute sie hinaus, um nur ja nicht entdeckt zu werden. Ihr Blick fiel auf das gegenüberliegende Fenster der Familie Hofmeister.

Oh je, was mach ich jetzt nur? Sie erblickte den Weihnachtsmann. Wenn er mich jetzt entdeckt hat? Er war gerade hinter dem Fenster der Nachbarn im Obergeschoss vorbeigegangen. Sie hatte ihn gesehen, das war keine Einbildung. Er trug eine rote Kapuze mit einem Plüschrand und hatte einen weißen Bart. Emilia erstarrte vor Schreck und sah gebannt auf das Fenster, jederzeit bereit, sich wegzuducken. Da war er wieder. Er sah direkt zu ihr herüber. Jetzt war es zu spät. Er hatte sie entdeckt. Zaghaft hob Emilia ihre rechte Hand und winkte. Der Weihnachtsmann grüßte zurück. Blitzschnell griff Emilia nach ihrem Wunschzettel, faltete ihn auseinander und hielt ihn flach gegen die Fensterscheibe. Sie schaute seitlich daran vorbei. Der Weihnachtsmann hob seinen Arm. Er trug weiße Handschuhe und machte eine Faust, den Daumen nach oben gerichtet. Emilia freute sich. Die Sache wäre erst mal erledigt. Sie atmete auf. Der Weihnachtsmann wusste Bescheid. Sie war froh, dass sie das iPhone so groß gemalt hatte. Auch die

Tanne und die Kerze waren gut zu erkennen. Er legte jetzt den Zeigefinger auf seine Lippen, die hinter dem wuscheligen Bart versteckt waren. Das Zeichen kannte Emilia auch. Schweigen. Ja, schweigen konnte sie. Jetzt formte sie eine Faust und richtete den Daumen nach oben.

Nach dem Frühstück machten sich Vater und Tochter wie verabredet auf den Weg zum Rodeln. Der Schlitten lag im Kofferraum des Autos. Emilia kletterte auf den Rücksitz und schnallte sich an.

»Schau mal, Emilia«, sagte der Vater, als er an der Stoppstraße anhielt »dort drüben geht der Weihnachtsmann. Der hat aber schwer zu schleppen. Hier wohnen sicher nur liebe Kinder.« Er und grinste seine Tochter im Rückspiegel an.

Es waren nur noch wenige Tage bis zum Weihnachtsfest. Die meisten Türchen auf dem Weihnachtskalender waren geöffnet. Mittwoch gab es Ferien und Freitag war Heiligabend. Emilia sprach nicht mehr über ihren Wunsch. Immer wieder fragten die Eltern, was sie sich wünschen würde. Aber Emilia gab keine Antwort mehr.

Am letzten Schultag holte die Mutter Emilia mit dem Auto von der Schule ab. Eigentlich ging sie viel lieber zu Fuß, mit Jenny, ihrer Freundin. Es hatte wieder geschneit und es machte viel mehr Spaß, auf dem Schulweg über festen Schnee zu schliddern und Schneebälle zu werfen. Aber die Mutter bestand darauf, dass sie in den Wagen einstieg. Beleidigt kletterte Emilia auf die hintere Sitzbank. Sie verschränkte die Arme und schmollte.

»Anschnallen!«, befahl die Mutter. Emilia maulte immer noch, als sie in ihre Wohnstraße einbogen. Jetzt merkte sie, dass die Mutter aufgeregt war.

»Hey, was ist denn hier los?«, fragte Emilia. Neugierig verdrehte sie den Kopf.

»Was machen die vielen Polizeiautos und der Rettungswagen hier?«

»Die sind alle nebenan bei Herrn und Frau Hofmeister. Es ist etwas Schreckliches bei unseren Nachbarn passiert«, sagte ihre Mutter. »Bei ihnen ist eingebrochen worden.«

»Bei uns auch?«, fragte Emilia.

»Nein, nein, bei uns nicht. Herr und Frau Hofmeister wollten zu ihrer Tochter fahren und dort die Feiertage verbringen. Sie haben sich vor ein paar Tagen von uns verabschiedet und uns frohe Weihnachten gewünscht. Darum haben wir ja auch nicht bemerkt, dass da etwas nicht stimmt.«

»Kann ich mal rübergehen und gucken, was da los ist?«

»Nein, komm ins Haus«, sagte die Mutter und schob Emilia in die Diele. Sie nahm sie in den Arm und drückte sie fest an sich.

»Herr und Frau Hofmeister«, sie schluckte ergriffen, »sie sind beide tot.«

»Das ist ja schrecklich«, rief Emilia. Sie lief zum Küchenfenster und schaute auf die Straße.

»Hast du eigentlich etwas Besonderes gesehen, etwas, das du sonst noch nie beobachtet hast?«, fragte die Mutter.

»Nein«, antwortete Emilia spontan. »Mir ist nichts aufgefallen.« Dann erinnerte sie sich daran, den Weihnachtsmann gesehen zu haben. Das war natürlich eine Besonderheit. Aber der Weihnachtsmann hatte garantiert, nichts mit dieser schrecklichen Sache zu tun. Aber sie wollte nicht, dass ihre Eltern mit ihm sprachen. Sie würden ihm sicher ausreden, ihr ein iPhone zu Weihnachten zu schenken. Außerdem hatte sie ihm versprochen, zu schweigen. Sie sah ihn genau vor sich, wie er den Finger, der in einem weißen Handschuh steckte, auf die Lippen gelegt hatte.

(Erstveröffentlichung im Buch: Weihnachten, lustig und kriminell, Band 1, 2015)

Heiligabend, eine kriminelle Bühne

Seit Stunden rollte Annas Wagen gen Westen. Berlin im Schmuck einer weihnachtlichen Lichtexplosion lag hinter ihr und verblasste in ihren Erinnerungen. Auf sie wartete ihre Familie, mit der sie Heiligabend verbringen würde.

Ihre Mutter mochte keine bunten LED-Leuchten. Diesen übertriebenen Glanz aus der Steckdose fand sie schrecklich. Wie jedes Jahr würde Anna vor ihrem Elternhaus stehen und in einen dunklen Vorgarten blicken. Ihre Mutter würde hinter den Fenstern echte Kerzen zur Begrüßung angezündet haben.

»Das Haus muss von innen heraus erstrahlen. Weihnachten ist ein Fest der Familie und nicht der Nachbarn«, war ihre Devise. Beim Eintreten würde ein riesiger Weihnachtsbaum vor ihr stehen, an dem zur Bescherung schlanke rote Wachskerzen flackern würden. Alles würde wie immer sein. Den Weihnachtsritualen ihrer Mutter, die nicht zuletzt eine Erinnerung an ihren verstorbenen Vater waren, beugten sich alle Familienmitglieder. Nur eine Änderung würde es in diesem Jahr geben, die Sache mit den Geschenken sollte neu geregelt werden.

Ihr Bruder Johannes hatte Anfang November mit allen Familienangehörigen Kontakt aufgenommen und vorgeschlagen, zu Weihnachten auf Präsente zu verzichten. Wir sollten uns dem Konsumterror entziehen, war sein Argument. Anna hatte sofort zugestimmt. Ihr Bruder Ben hatte Einwände erhoben. Er war verheiratet und hatte zwei Kinder, die an das Christkind glaubten. Auch Alex würde mit seiner Frau bei der Familienweihnachtsfeier dabei sein und sie hatten ebenfalls Nachwuchs, für die Heiligabend immer mit Geschenken verbunden war. Ihre Mutter tat sich anfangs schwer mit diesem Vorschlag, stimmte aber zu, weil ihr die Jagd nach Weihnachtsgeschenken für ihre Lieben von Jahr zu Jahr anstrengender wurde.

Der zweite Teil von Johannes Änderungsvorschlägen zum Fest war die Gestaltung eines Adventskalenders für ihre Mutter. Er hatte eine gute Idee, der aber ebenfalls alle zustimmen mussten. Er würde ein Holzbrett bearbeiten, anstreichen und in regelmäßigen Abständen gelbe Sterne und grüne Tannen aufmalen, je 12 Stück im Wechsel. In jedes Ornament würde er einen Messingnagel klopfen und daran konnten die kleinen Präsente für die Mutter angehängt werden.

Soweit hatte das Projekt Anna und ihren Geschwistern gefallen. Als ihr Bruder dann erzählte, welcher Art die täglichen Überraschungen sein sollten, brauchten alle eine Bedenkzeit, bevor sie zustimmten.

»Auf jeden Zettel schreibt ihr eine persönliche Nachricht für unsere Mutter. Es kann ein Zitat sein, eine Information, die ihr bisher verschwiegen habt, etwas, was ihr Mutter immer schon einmal sagen wolltet. Eine kleine Liebeserklärung wird sie ebenfalls erfreuen. Es kann auch eine Entschuldigung sein, ein selbstverfasstes Gedicht oder einfach nur gute Wünsche und Dankessprüche. Strengt eure grauen Zellen an. An Heiligabend kann Mutter uns dann vorlesen, was auf den Zettelchen geschrieben steht und wir dürfen raten, wer von uns die Zeilen verfasst hat. Das wir ein interessanter Abend.«

Jeder musste drei Zettel vorbereiten. Johannes Sohn war schon im Teeny-Alter und er zählte zu den Erwachsenen.

Als alle zugestimmt hatten, setzte Johannes eine Deadline, weil er den Kalender vor Ort anbringen und gestalten musste.

»Packt alles etwas nett ein«, war sein Wunsch. »Die Bändchen zum Aufhängen bringe ich an.«

Anna hatte sich den Tag im Kalender gekennzeichnet, an dem sie den Brief mit den Kärtchen an ihren Bruder Johannes spätestens abschicken musste, und vergaß die Aufgabe aber erst einmal. Sie hatte andere Probleme, als sich um diese Kinkerlitzchen zu kümmern. Sie war schwanger.

Freund, Mann, Schwangerschaft, Hochzeit, Kind, alles Begriffe, die einen gemeinsamen Nenner hatten und der lautete: Mutter.

Es verging kein Gespräch mit ihr, indem sie Anna nicht mit diesem Thema konfrontierte. Nimm dir ein Beispiel an deinen Brüdern. Sie haben Partnerinnen fürs Leben gefunden. Sie haben Kinder. Ich liebe Enkelkinder. Wenn du nicht bald Ausschau nach einem netten Mann hälts, wirst du ein spätes Mädchen und deine Chancen auf dem Männermarkt sinken. Studieren ist nicht alles. Wenn deine Zeit erst mal abgelaufen ist, wirst du es bereuen. Anna hätte die Sprüche ihrer Mutter ins Unendliche fortsetzen können. Kein Wunder, dass sie sich nicht darauf freute, mit ihr zu telefonieren. Ihre Besuche beschränkten sich im letzten Jahr nur auf Geburtstagseinladungen, Treffen zu Ostern und zu Weihnachten.

Und jetzt war sie schwanger und sie hatte die Entscheidung bisher nicht getroffen, ob sie das Kind behalten wollte oder nicht. Aber eines stand fest, sollte sie die Mutterrolle wählen, war es ihr Wille und nicht der ihrer Mutter.

Sie traf sich mit Marc, den sie auf einer Feier auf dem Campus kennengelernt hatte. Er war wissenschaftlicher Mitarbeiter ihres Fachbereichs an der Uni. Er war der Vater ihres ungeborenen Kindes. Aber ob sie ein Paar waren, konnte Anna nicht beantworten. Und ob Mark ein Partner fürs Leben war, stand in den Sternen. Sie hatte ihm noch nicht einmal von seiner Vaterschaft erzählt. Bisher hatte sie mit niemandem darüber gesprochen.

Marc bestellte zwei Bier. Anna schlug den Alkohol aus. »Ich trinke heute nur Wasser«, sagte sie. Die Musik, die sie umfing, war magisch und sie tanzten. Eng umschlungen bewegten sie sich über die Tanzfläche. Annas Gedanken schienen ihren Kopf zum Bersten zu bringen. Wann sage ich es ihm? Sage ich es ihm überhaupt? Bin ich in ihn verliebt? Bedeutet er mir etwas? Wie wird er reagieren?

»Was ist los mit dir? Du bist so abwesend, so verkrampft«, flüsterte er Anna ins Ohr. »Ich habe da ein perfektes Entspannungsprogramm.«

Sie gab nach und folgte ihm. Er überschüttete sie mit Zärtlichkeiten und sie schaffte es, ihren Kopf abzuschalten. Sie liebten sich.

Die Lichter der Großstadt fielen in das Zimmer und Marc war eingeschlafen. Annas Gedanken des Abends kämpften sich wieder in den Vordergrund. Er liebt mich, dachte sie. Sobald er aufwacht, sage ich es ihm. Kitschige Filmszenen erschienen vor ihrem inneren Auge. Marc nahm sie in den Arm, küsste sie, schäumte über vor Glück, Vater zu werden.

Aber aus diesem Traum erwachte sie, als sie ihm am Morgen von ihrer Schwangerschaft berichtete. Es ging von ihm keine überschwängliche Freude aus. Er beglückwünschte sie, nahm sie in den Arm. »Warst du deswegen am Abend so anders?«, erkundigte er sich. »Das ist aber eine Überraschung. Das muss ich erst einmal verkraften. Irgendwie schaffen wir das.«

Die Freude auf ein gemeinsames Kind hatte sie sich anders vorgestellt. Glücklich und zufrieden war sie in diesem Moment nicht. Marc hatte gesagt, sie würden es schaffen. Das war nicht das Gefühl von: Es gibt nur uns, das Kind und unsere Liebe gegen den Rest der Welt. Aber sie hatte keine Ahnung, was die Gefühlswelt einer Schwangeren ausmachte. Sie gestattete ihm, sich an den Gedanken seiner Vaterschaft zu gewöhnen. Er stand zu ihr und hatte damit eine Basis gelegt. Alles Weitere würde sich ergeben.

Marc und Anna trafen sich in der Mensa. »Was machst du an Weihnachten?«, fragte sie ihn.

»Wie, du schmiedest jetzt schon Pläne für das Weihnachtsfest? Ist das nicht ein bisschen früh? Hast du vor, den Lebkuchen und Zimtsternen in den Supermarktregalen Konkurrenz zu machen?«, fragte er.

»Ja, ich weiß. Aber ich dachte, es wäre schön, wenn du mich nach Hause begleiten würdest. Meine Familie würde sich freuen, dich kennenzulernen.«

Anna nahm ein Flackern in seinen Augen wahr. Dann legte sie ihr Besteck ab.

»Wenn du nicht so auf Weihnachten stehst, betrachte es als erledigt. Ich dachte nur, es sei an der Zeit, andere Menschen an unserem Familienglück teilhaben zu lassen. Der Weihnachtsabend wäre ein passender Termin.«

»Ich habe es meinen Eltern auch noch nicht erzählt. Wir sollten noch mit der Bekanntgabe warten«, antwortete Marc.

»Okay, dann nicht«, beendete Anna das Thema.

»Jetzt sei nicht gleich beleidigt, wir haben genügend Zeit. Ja, ich denke, dass mit Weihnachten, lässt sich bei mir einrichten.«

Anna legte die linke Hand auf ihren Bauch. Die Freude auf ihr gemeinsames Kind bekam gerade einen Dämpfer. Beide stocherten in ihrem Essen herum und verabschiedeten sich mit einem flüchtigen Blick.

Am Abend bereitete Anna die Zettelchen für ihren Bruder Johannes vor. Es wurde Zeit. Da ihre Entscheidung für das Kind gefallen war und sich die Schwangerschaft gut anfühlte, nahm sie das erste Ultraschallbild zur Hand, schrieb auf die Rückseite: In Liebe, Anna und verpackte es in Geschenkpapier übersät mit winzigen Schneeflocken. Sie band eine rote Schleife darum.

Auf den nächsten Zettel schrieb sie: Liebe Mutter, wenn du den Tisch für Heiligabend deckst, stell bitte ein Gedeck mehr dazu. Ich habe eine Überraschung. Deine Anna

Dem dritten Blättchen widmete sie keine große Kreativität. Sie schrieb einen Kalenderspruch darauf. Die ersten beiden waren schwergewichtig und würden dem Letzten jegliche Bedeutung nehmen. Sie legte eine Postkarte an ihren Bruder mit in den Umschlag, auf dem sie notierte, dass das Briefchen, das sie mit der Nummer drei gekennzeichnet hatte, für den 23.12. bestimmt sei, und bat ihn, die anderen davor zu platzieren. Am nächsten Morgen warf sie den dicken Briefumschlag, adressiert an Johannes, in den Briefkasten.

Marc hatte sich seit einer Woche nicht gemeldet. Sie hatte mehrfach versucht, ihn zu erreichen. Auf die Mitteilungen, die sie auf seinen Anrufbeantworter gesprochen hatte, hatte er nicht reagiert. Jetzt saß sie in der Uni im Flur ihres Fachbereichs vor seiner Bürotür und wartete auf ihn. Sie hatten abgemacht, dass sie Marc an seinem Arbeitsplatz nicht abholen sollte, weil er kein Gerede wünschte. Es hätte ja einer seiner Kollegen von ihrer Beziehung etwas mitbekommen können. Aber das war Anna jetzt egal. Sie blieb dort sitzen, bis der letzte Studierende sich aus der Sprechstunde verabschiedet hatte und dann stürmte sie in sein Büro. Sie hatte sich vorgenommen, ruhig und sachlich zu bleiben, ihn nicht mit Vorwürfen zu bombardieren. Es gab sicher einen Grund für sein Verhalten. Aber als sie ihn dort hinter seinem Bildschirm sitzen sah, brach der Frust der vergangenen Woche aus ihr heraus.

Marc blieb sehr ruhig. Er ließ ihre Beschimpfungen über sich ergehen und bat sie, Platz zu nehmen. »Anna, wir müssen reden«, sagte er und goss ihr ein Glas Wasser ein. Es war offensichtlich, dass er ihre Nähe nicht wünschte. Der Schreibtisch trennte sie.

»Anna, ich habe nachgedacht. Diese Woche Auszeit hat mir Klarheit verschafft.«

»Aber das hättest du mir doch sagen können«, schluchzte sie.

»Es ist, wie es ist, liebe Anna.« Er senkte seinen Blick und vermied, sie anzusehen. »Ich habe mich für meine Familie entschieden. Du solltest wissen, dass ich verheiratet bin und ein Kind habe.«

Die Zeit schien für Anna stillzustehen. Ihr wurde schwarz vor Augen. Sie war nicht in der Lage ein Wort zu sprechen.

»Wer sagt mir überhaupt, dass ich der Vater deines Kindes bin? Sollte sich das herausstellen, dann bin ich gerne bereit, Verantwortung zu übernehmen.«

Er versprach zu seinem Kind zu stehen, was übersetzt bedeutete, dass er bereit sei, Alimente zu zahlen, aber nur, wenn sie ihm einen Vaterschaftstest vorlegte. Sie verharrte auf dem Besucherstuhl und war unfähig, sich zu bewegen, und schwieg ihn an. Dann stand sie auf. Auch Marc erhob sich. Er begleitete er sie zur Tür wie eine Studentin, die ihn gerade um Rat gefragt hatte. Seine Hand zur Verabschiedung schlug sie aus.

Der regnerische November verstrich und Anna fiel es schwer, als schwangere Studierende Fuß zu fassen und ihrem Studium und ihrer Lebenswelt eine neue Ausrichtung zu geben. Sie nahm Hilfsangebote in Anspruch, denn sie war es ihrem ungeborenen Kind schuldig, in ein halbwegs normales Leben hineingeboren zu werden. Die Adventszeit war bei ihr nicht geprägt von Vorfreude und schon gar nicht von freudiger Erwartung auf die Begegnung mit ihrer Familie, besonders mit ihrer Mutter an Heiligabend. Sie hatte es versäumt, ihre Zettelchen für den Adventskalender zurückzufordern. Die Schwangerschaft würde ihrer Familie bekannt werden, wenn ihre Mutter das kleine Päckchen öffnete, und sie, Anna, würde dazu stehen mit aller Konsequenz. Das zusätzliche Gedeck am Tisch wäre kein Problem. Sie würde Marc entschuldigen, er musste zu seiner eigenen Stammfamilie, hatte Corona oder sonst was. Ihr würde sicher spontan eine Notlüge einfallen. Er war nicht da und basta.

Jetzt saß sie im Auto Richtung Ruhrgebiet. Leichtes Schneetreiben hatte eingesetzt und es war anstrengend zu fahren. Die weißen Flocken reflektierten das Scheinwerferlicht und schränkten ihre Sicht ein. Aus dem Radio erklang *Comming home for Christmas*. Die Emotionalität des Songs ergriff sie. Und es war nicht nur das Gewimmel der Schneeflocken, das ihr Tränen in die Augen trieb. Sie würde nach Hause kommen, mit ihrem ungeborenen Kind und sie würde willkommen sein. Sie stellte nicht infrage, dass ihre Familie sie unterstützen würde. Sie würden ihr beistehen. Da war sie sich sicher. Sie hatte Menschen, die sie liebten und mit Marc, diesem miesen Typen hatte sie abgeschlossen. Er rückte immer weiter von ihr weg.

Anna fuhr auf eine Raststätte. Ein Kaffee würde ihr jetzt guttun. Der Duft von frischgebackenen Zimtschnecken stieg ihr in die Nase. Sie konnte nicht widerstehen und kaufte sich dieses Gebäck.

Sie überlegte, ihren Bruder anzurufen, um ihm mitzuteilen, dass es noch knapp zwei Stunden bis zu ihrem Eintreffen dauern würde. Aber sie erreichte nur seine Mailbox.

Die Raststätte quoll über von Menschen. Ein stetiges Kommen und Gehen verbreitete Hektik. Kaum ein Platz war frei. Dann sah sie einen jungen Mann auf sich zukommen. Er hielt auch ein Tablett in der Hand. Zögernd blieb er stehen. »Darf ich mich zu Ihnen setzen«, fragte er höflich.

Anna verharrte einen Moment. Dann nickte sie. »Ja, gerne. Mächtig was los hier so vor Weihnachten. Viele werden auf Weihnachtsbesuch nach Hause sein.«

»Bingo«, sagte er. »Ich komme aus Berlin und bin auf dem Weg zu meinem Bruder.«

Anna schaute auf sein Tablett. »Wir scheinen nicht nur die Vorliebe für Zimtschnecken zu teilen, ich komme auch aus Berlin und bin auf dem Weg zu meiner Familie.«

Ihr Gegenüber stellte sich als Ole vor. Sie tauschten sich über die Erwartungen der Verwandtschaft zum Weihnachtsfest aus. Da Anna sich noch nicht entschieden hatte, welche Entschuldigung sie ihrer Mutter auftischen sollte, um Marcs Abwesenheit zu begründen, fragte sie Ole nach seiner Meinung.

Ihre Raststättenbekanntschaft schlug Corona vor. Anna fand diesen Grund nicht so gut. »Es könnte mich die geballte Sorge meiner Mutter um mich und mein Baby treffen. Sie wird vermuten, ich habe mich angesteckt«.

»Oh, Sie sind schwanger und ihr Freund begleitet Sie nicht?«, fragte Ole erstaunt.

»Er hat nicht nur vorgezogen, mich nicht zu begleiten, sondern er hat sich aus meinem Leben verabschiedet. Ich hatte geplant, ihn meiner Familie an Heiligabend vorzustellen. Aber das ist alles Schnee von gestern. Allerdings möchte ich meine Mutter damit an Weihnachten nicht belasten. Das sind Informationen für später. Die Nachricht von der Schwangerschaft wird unvermeidbar den Heiligen Abend bestimmen.«

Ole sah sie verständnisvoll an und lehnte sich auf seinem Stuhl zurück. Anna beobachtete ihn und biss genüsslich in ihre Zimtschnecke. Dann legte sich ein verschmitztes Lächeln über sein Gesicht. »Ich habe eine Idee. Was halten Sie davon, wenn ich Sie begleite. Ich schlüpfe in die Rolle Ihres Freundes. Damit vermeiden Sie jeglichen Stress zum Fest der Liebe und die Freude und nicht die Sorge um Ihre Schwangerschaft seht im Vordergrund. Und den Schnee von gestern können Sie später in Berlin tauen lassen.«

»Wie stellen Sie sich das denn vor?«

»Das wird für mich ein Leichtes sein. Ich studiere in Berlin an der Hochschule für Schauspielkunst, Fachrichtung Schauspiel.«

»Aber Sie wissen doch gar nichts von mir.«

»Bis zum Ruhrgebiet sind es noch zwei Stunden, haben Sie gesagt. Die Zeit reicht aus, um mir genügend Information zu geben, damit ich mich auf die Rolle einstellen kann.«

»Aber Ihr Bruder, der erwartet Sie doch.«

»Bei ihm kann ich auch später, zwischen Weihnachten und Neujahr eintrudeln. Ich habe ihm geschrieben, dass wir uns noch einmal im alten Jahr sehen werden. Mein Bruder rechnet nicht mit mir zu einem fixen Termin.«

Anna überlegte kurz. Einen gewissen Reiz hatte dieses Theaterspiel.

Heiligabend wäre gerettet und sie hätte Zeit bis zum nächsten Besuch bei ihrer Mutter, um von Marcs Abgang zu erzählen.

»Einverstanden«, sagte sie spontan.

»Zuerst sollten wir zum Du übergehen. Und vergiss nicht, ich bin Marc und nicht Ole.«

»Wir können bei Ole bleiben. Ich habe nie mit jemandem von meiner Familie über Marc gesprochen. Außerdem schwirrt er dann nicht ständig durch meine Gedanken, nur weil ich seinen Namen ausspreche.«

»Okay. Ich hole jetzt meine Reisetasche aus dem Auto und wir können starten. Wenn du magst, kann ich ein Stück fahren, solltest du zu müde sein.

Und auf deiner Rückfahrt nach Berlin setzt du mich wieder hier an der Raststätte ab, auf der mein Auto steht.«

Auf der Weiterfahrt erzählte Anna von ihrer Familie. Es macht ihr Spaß und es fielen ihr Anekdoten ein, an die sie lange nicht mehr gedacht hatte. Je länger sie über ihre Brüder sprach, umso größer wurde die Freude, sie später in die Arme zu schließen. Sie hatte sie echt vermisst.

Oles Plan funktionierte. Es war einer der harmonischsten Weihnachtsabende, die sie je im Kreise ihrer Familie erlebt hatte.

Am nächsten Morgen nach einem ausgiebigen Weihnachtsfrühstück begann das große Verabschieden.

»Pass auf dich auf. Ich wünsche dir alles Glück dieser Welt«, flüsterte ihre Mutter. Dann umarmte sie den Vater ihres zukünftigen Enkelkindes und drückte ihn herzlich an sich. »Sie ist bei dir in guten Händen«, flüsterte sie ihm zu.

Anna war erfüllt von der angenehmen Zeit des Miteinanders. Sie stiegen ins Auto und fuhren los. Ihre Mutter stand vor dem Haus und winkte ihnen nach.

Es beschlich Anna der Gedanke, dass es schade sei, sich gleich von Ole trennen zu müssen. Er war ein sympathischer Mann. Sie würde ihn gerne näher kennenlernen. Berlin, ihre gemeinsame Stadt, machte ein Treffen möglich. Kurz bevor sie ihn auf der Raststätte absetzte, tauschten sie ihre Handynummern aus. »Viel Spaß bei deinem Bruder«, rief sie ihm nach.

In der ersten Januarwoche griff Anna zu ihrem Handy und wählte Oles Nummer. Eine freundliche Stimme sagte ihr, dass der gewählte Anschluss zurzeit nicht erreichbar sei. Ein paar Tage später informierte sie eine Computerstimme, dass diese Nummer nicht vergeben sei. Sie bat, die Ziffernfolge zu kontrollieren. Ale Versuche ihn zu erreichen blieben erfolglos. Sie suchte im Netz nach einem Ole aus Berlin. Das Stöbern glich der Suche nach einer Nadel im Heuhaufen. Sie hatte nur diese Telefonnummer und seinen Vornamen. Noch glaubte sie, dass sie sich eine falsche Nummer notiert hatte, und hoffte darauf, dass Ole sich bei ihr meldete. Später war sie über den Campus der

Hochschule für Schauspielkunst geschlendert und hatte nach ihm Ausschau gehalten.

Sie rief Johannes an und bat ihn, ihr ein paar Fotos von Heiligabend zu schicken.

»Mach ich, Schwesterherz«, sagte er. »Aber dein Ole ist nicht fotogen. Man kann ihn auf keinem Bild erkennen.«

Das Telefonat mit ihrer Mutter nahm einen seltsamen Verlauf. Sie behauptete, sie würde langsam dement.

»Du doch nicht, Mutter«, antwortete Anna entrüstet.

»Doch«, beharrte sie. »Ich kann die Münzsammlung und die wertvollen Uhren deines Vaters nicht mehr finden. Ich kann mich nicht daran erinnern, wo ich die Sachen versteckt habe.«

»Die sind doch im Schließfach bei der Bank«, sagte Anna. »Oder hast du immer noch nicht Johannes den Rat befolgt, die Wertsachen dort zu deponieren?«

»Ach Anna, ich habe es vergessen. Ich habe die Polizei gerufen. Es ist nicht eingebrochen worden. Es ist nichts zerstört. Die Beamten haben mir geraten, noch einmal gründlich alles abzusuchen. Sie haben keinen Anhaltspunkt, um die Suche nach einem Dieb einzuleiten.«

Anna beschlich ein ungutes Gefühl. Sollte sie Mitschuld daran tragen, dass die Wertsachen ihrer Mutter verschwunden waren?

Sie hatte zumindest ein Indiz. Der potentielle Dieb könnte mit Vornamen Ole heißen. War das der Grund, warum er sich nicht bei ihr meldete. War sie auf einen miesen kleinen Betrüger hereingefallen?

Der Anfang des Theaters war zu schön, um wahr zu sein. Oles Gesellschaft war angenehm. Die Rolle des werdenden Vaters hatte er perfekt gespielt. Manchmal glaubte Anna, sie hätte das alles nur geträumt und Ole war ein Produkt ihrer Fantasie. Sie war mit sich und der Welt im Reinen. Sie freute sich auf ihr Baby und schaute positiv in die Zukunft. Ihre Mutter würde den Verlust der Wertsachen verschmerzen. Anna betrachtete die gestohlenen Dinge als Gage für ein perfektes Theater. Aber es bestand auch die Möglichkeit, dass sie sich in Ole täuschte und ihre Mutter tatsächlich die vermissten Dinge so gut versteckt hatte, dass sie sie selbst nicht mehr wiederfand.

Vielleicht ruft Ole irgendwann einmal an. Vielleicht läuft er mir in Berlin auch einmal über den Weg. Vielleicht?

Im freundlichen Lächeln verbirgt sich kein Ja

Vanessa zog ihr Handy aus der Gesäßtasche und fotografierte den Werbeflyer mit dem Angebot einer Weihnachtsmannagentur. Der kleine Nebenjob kam ihr gerade recht. Ihr WG-Zimmer war megateuer. Zuhause in der beschaulichen Kleinstadt hätte sie in ihrem Elternhaus kostenfrei wohnen können. Aber es hatte sie in eine Universitätsstadt gezogen, weit weg von der Heimat. Es war nicht alleine der Studienplatz, der für diesen Ortswechsel verantwortlich war. Sie musste weg aus diesem Lebensbereich, der von unangenehmen Erinnerungen gebrandmarkt war.

Ihre Mutter unterstützte sie finanziell, aber es fehlte trotzdem an allen Ecken. Die Immobilienhaie verlangten Wucherpreise für kleine Hucken und trieben manchen Studenten an die Armutsgrenze. Sie wusste, dass einige ihrer Kommilitoninnen sich einem Hostessservice angeschlossen hatten. Aber dazu war Vanessa nicht bereit. Soweit wollte sie es nicht kommen lassen.

Da werfe ich mir lieber den roten mit weißem Pelz besetzten Mantel eines Weihnachtsmannes über und klemme mir die Drähte des weißen Rauschebarts hinter die Ohren. Kinder zu bespaßen, war nicht so schwer. Sich ihre Liedchen und Gedichte anzuhören, war kein Problem. Sie stellte immer die gleichen Fragen, hörte zu und schrieb die Weihnachtswünsche der Kleinen in ihr großes Buch. Manchmal unterhielt sie sich mit den Kindern über die weihnachtliche Vorfreude auf Heiligabend.

Es kam immer wieder vor, dass Kids Angst vor ihr als Figur hatten, aber das sollte nicht ihr Problem sein. Da waren die Eltern gefragt. Die meisten Kinder zollten ihr Respekt und würdigten ihre Erscheinung als Weihnachtsmann. Manche waren vorlaut. Sie konfrontierten sie frech mit der Wahrheit.

»Den Weihnachtmann gibt es gar nicht, du bist ein Betrüger«, schimpften diese kleinen selbstbewussten Gören. Oft lag es ihr auf der Zunge, zu sagen, dass sie eine simple Marketingerfindung sei, damit ihre zahlungswilligen Eltern in der Spielwarenabteilung Umsatz machten. Aber sie verstand es, sich zu beherrschen, und legte ihre weihnachtliche Freundlichkeit nicht ab. Es kam vor, dass die Grenze des Erträglichen überschritten war, dann flüchtete sie sich in eine kurze Auszeit. Weihnachtsmännern standen laut Arbeitsvertrag auch Pausen zu, wie allen anderen Mitarbeitern.

Vanessa betrat das Podest und nahm in dem altehrwürdigen Ohrensessel Platz. Zu beiden Seiten reckten sich schneebedeckte Kunststofftannen in die Höhe. Stimmungsvolle Weihnachtsmusik erklang. Sie, in der Figur des Weihnachtsmannes, wurde von der Geschäftsleitung über Lautsprecher angekündigt. Schnell versammelte sich eine Gruppe Eltern mit ihren Kindern. Diejenigen, die ihren Sprösslingen eine Audienz beim Weihnachtsmann ermöglichten, bildeten eine Schlange. Auch bei ihr ging es immer schön der Reihe nach.

Vanessas Augen huschten über die Schar der Zuschauer und potentiellen kindlichen Gesprächspartner. Viele Eltern zückten ihre Handys. Begleitende Großeltern standen für das Fotoshooting ihrer Enkelkinder mit ihren Kameras bereit.

Für den Bruchteil einer Sekunde erfasste Vanessa das Gefühl, jemanden in der Menschenmenge entdeckt zu haben, der ihr bekannt vorkam. Es war nur ein winziger Sinnesreiz. Erschrocken fuhr sie zusammen. Ein unangenehmes Schaudern ergriff sie. Negative Schwingungen wirkten auf ihren Körper ein. Ihr wurde flau in der Magengegend.

»Ich heiße Lin und ich gehe schon in den Kindergarten«, hörte sie die Stimme eines kleinen Mädchens. Kurz begrüßte sie Lin und reichte ihr die Hand. Doch ihre Augen, leicht verdeckt von wuscheligen Augenbrauen und hinter einer Nickelbrille versteckt, konzentrierten sich auf die Menschen vor ihr. Der Mann, der sie so irritiert hatte, war nicht mehr zu sehen.

»Soll ich dir ein Gedicht aufsagen?«, fragte das Kind.

»Ja, das wäre schön«, antwortete Vanessa mit verstellter Stimme.

Das Kind holte tief Luft und begann: »Lieber guter Weihnachtsmann …«

Da war der Mann wieder. Er musste sich gebückt haben. Ein maximal vierjähriger Junge saß jetzt auf seinem Arm und klammerte sich an ihn. Vanessa hielt den Atem an. Es war Jan-Philip, ein ehemaliger Mitschüler. Zehn Jahre waren seit ihrer letzten Begegnung vergangen, aber je länger sie ihn anstarrte, umso sicherer war sie sich, dass sie sich nicht täuschte. Seine Gesichtszüge waren immer noch selbstgefällig und er strahlte Überheblichkeit aus. Die Frau mit der blonden Mähne an seiner Seite, schien seine Ehefrau oder Lebenspartnerin zu sein. Dieses Schwein hatte eine Familie. Ob die junge Frau wusste, mit welchem widerlichen Subjekt sie ein Kind gezeugt hatte? Die Gedanken in ihrem Kopf rotierten wie die Sessel eines Kettenkarussells. Ihr wurde schwindelig.

»Hey!«, rief das Mädchen neben ihr. »Ich möchte jetzt einen Schoki-Weihnachtsmann haben. Darf ich mir einen aus dem Sack herausnehmen?«

Die quäkige Stimme der Kleinen konnte die Geschwindigkeit des Karussells in ihrem Kopf nicht stoppen. Wie in Trance reichte Vanessa dem Kind die Süßigkeit. Die Göre sprang von der Bühne und hielt einer Trophäe gleich, den in Stanniol verpacken Weihnachtsmann ihrer Mutter entgegen.

Eine Mitarbeiterin der Spielwarenabteilung trat zu Vanessa. »Was ist los mit dir? Hast du Probleme?«

Vanessa reagierte nicht. »Reiß dich zusammen! The Show must go on, sonst hagelt es gleich Beschwerden.«

Ein Junge wurde von seiner Mutter auf die Bühne geschubst. Die Hände auf dem Rücken verschränkt stand er vor dem Weihnachtsmann und ließ seinen Kopf hängen. Er hatte Angst, daran war kein Zweifel. Kommentarlos reichte Vanessa dem Kind einen Schokoladenweihnachtsmann. Er nahm ihn nicht an. Seine Mutter mische sich in das Geschehen ein, grapschte nach der Süßigkeit und verschwand mit ihrem kleinen Feigling in der Menge. Vanessa sah dem eingeschüchterten Kerlchen hinterher. Ihr Blick blieb wieder auf Jan-Philip und seinem Nachwuchs haften. Du Ekelpaket, du hast so ein nettes Kind gar nicht verdient und die Schöne an deiner Seite ebenfalls nicht. Sie kennt sicher nicht deine dunkle Seite. Sie wird garantiert nicht wissen, wer du wirklich bist.

Sie versuchte dem Lied »*Schneeflöckchen, Weißröckchen*«, zu lauschen, und hielt den Schokoladenweihnachtsmann bereits in der Hand. Sie konnte sich nicht von Jan-Philips Anblick lösen. Ihr Körper verfiel in eine Art Schockstarre. Das Kind hatte das Lied beendet. Aus den Lautsprechern ertönte im Hintergrund leise: *I am dreaming of a white Christmas.*

»Hast du einen Schokoladenengel für mich in deinem Sack? Ich hätte lieber einen Schokoladenengel«, quengelte die kleine Sängerin.

»Ich habe nur Weihnachtsmänner«, antwortete Vanessa.

Sie tauchte immer mehr in die Szene ein, die sie mit Jan-Philip vor zehn Jahren gespielt hatte. Er war Knecht Ruprecht gewesen und sie verkleidet als Weihnachtsmann. Sie waren der Schlussakt auf der damaligen Schulweihnachtsfeier für die Unterstufe gewesen. Die Rollen waren verlost worden.

Sie war damals, wie alle ihre Mitschülerinnen, unsterblich in Jan-Philip verliebt gewesen. Aber er hatte sie nie beachtet. Sie war Luft für ihn gewesen. Er schaffte es sogar, ihr durch sein machohaftes Gehabe, seine Bemerkungen und Gesten zu vermitteln, dass sie die Letzte sein würde, mit der er eine Beziehung eingehen würde. Jeder in ihrer Klasse wusste, dass er sie mobbte. Und dann spielte die Leiterin der Theatergruppe Schicksal, als sie ihren Arm in die Lostrommel steckte und ihr diesen Zwangskontakt zu Jan-Philip aufdrückte. Vanessa hatte erst überlegt, sich krank zu melden, um sich dem gemeinsamen Projekt zu entziehen. Ihre Freundin riet ihr, sich der Situation zu stellen.

»Das schaffst du, zeig es ihm. Lass dich nicht unterkriegen«, hatte ihre Klassenkameradin sie ermutigt. Die Vorbereitungen für den Weihnachtsauftritt waren normal verlaufen. Jan-Philip war freundlich, hatte sie neutral behandelt, wie eine Mitschülerin halt. Kurz vor dem Auftritt hatte er sie in den Arm genommen und ihr toi toi toi zugeflüstert. Die Kinder der Unterstufe jubelten und hatten ihre Freude an ihrer Vorstellung. Vanessa und Jan-Philip heimsten eine Menge Applaus ein.

Mit ihrem Abtreten war die Weihnachtsfeier beendet. Die Sporthalle leerte sich und alle Schüler und Schülerinnen strebten den wohlverdienten Weihnachtsferien entgegen.

Vanessa saß mit Jan-Philip in der Jungenumkleidekabine der Turnhalle. Sie mussten nur noch ihre Kostüme verstauen, dann begannen auch für sie die Weihnachtsferien.

Sie war dabei, die Schuhriemen ihrer schwarzen Stiefel zu lösen, als sie seine warme Hand auf ihrer Schulter wahrnahm. Sie dreht sich um und lächelte ihn an. Er zog sie an sich und küsste sie. Völlig überrumpelt schob sie ihn von sich. »Lass das, ich will das nicht.«

»Und wie war das?«, fragte er. »Darauf hast du doch nur gewartet, oder?« Jan-Philip umschloss sie fest mit seinen Armen und drängte sie in den Waschraum der Jungenumkleidekabine. Er schloss die Tür. Das schabende Geräusch des Schlüssels löste Panik in ihr aus. Sie versuchte, ihn abzuwehren. Er war größer und seine Entschlossenheit machte ihn noch stärker. Sie hatte keine Chance.

»Du willst es doch auch, hättest du dich ansonsten auf das gemeinsame Projekt mit mir eingelassen?« Jan-Philip hatte sie vergewaltigt.

Vanessa spürte in dem Moment, in dem sie daran zurück-dachte eine Last auf ihrem Brustkorb, der ihr fast den Atem nahm. Ihr Herz raste. Gleich wird er mir mit seinem Sohn vor die Füße treten. Ich schaffe das. Das Kind kann ja nichts für seinen Vater. Ich schaff das. Ich werde die beiden kurz und schmerzlos abservieren.

Zwei weitere Kinder erzählten ihr, was sie sich vom Weihnachtsmann wünschten und sie schrieb sich die Wün-sche auf. Die nächsten Schoko-Weihnachtsmänner verlie-ßen ihren Sack und zauberten ein Lächeln auf die Gesich-ter der Kleinen.

»Hallo, lieber Weihnachtsmann, darf ich Ihnen meinen Sohn Jan vorstellen?« Diese Stimme ging ihr durch Mark und Bein und ihr wurde schwarz vor Augen.

»Jan möchte Ihnen ein Gedicht aufsagen.«

Vanessa löste sich aus ihrer Starre und griff abwesend nach einem Schokoladenweihnachtsmann. Sie hielt ihn so fest umschlossen, dass die Schokoladenknochen in seinem Körper alle zerbrachen.

»Etwas Literarisches können Sie von meinem Sohn nicht erwarten, lieber Weihnachtsmann, oder soll ich lieber Weihnachtsfrau sagen?«

Was hatte das zu bedeuten? Hatte Jan-Philip sie durch die Verkleidung erkannt?

Dann flüsterte er: »Kommen Sie auch zu mir? Was be-komme ich denn von Ihnen, wenn ich ein Gedicht auf-sage?«

Der kleine Jan war bei der vierten Kerze angekommen und beendete seinen Vers mit den Worten … »dann steht das Christkind vor der Tür.« Gleichzeitig riss er Vanessa den zerdrückten Weihnachtsmann aus der Hand. Was hatte dieses miese Schwein gerade gesagt? Es verschlug ihr die Sprache. Das war kein Flirt, das war eine ekelige Anmache, die einer sexuelle Belästigung gleichkam. Das schmerzliche Gefühl, ihrem Peiniger gegenüberzustehen, schlug in Wut um. Es war so widerlich, über den Kopf seines Sohnes hinweg solch ein Ansinnen zu verfolgen.

Plötzlich trat ein Gedanke in ihr Bewusstsein, dem sie in ihrer Fantasie oft nachgegeben hatte. Sie würde ihn bestrafen. Das war die Gelegenheit. Sie trennte einen Papierschnipsel aus ihrem Weihnachtswunschbuch heraus, schrieb ihre Handynummer und das Wort *Überraschung* darauf. Den Zettel drückte sie Jan-Philip mit einem unbeschadeten Weihnachtsmann in die Hand. Er las die kurze Information und warf Vanessa einen siegessicheren Blick zu. Ein Lächeln umspielte seine Mundwinkel.

»Hast du dich auch bedankt?«, richtete er sich an seinen Sohn. Jan reichte dem Weihnachtsmann die Hand. Vater und Sohn drehten sich um und verschwanden in der Menge. Bevor er seine Frau in den Arm nahm, warf er Vanessa über die Schulter hinweg einen Blick zu, der pure Vorfreude signalisierte. Freu dich nicht zu früh, dachte sie.

Der Tag in der Spielwarenabteilung hatte sie aufgewühlt. Die Begegnung mit Jan-Philip hielt sie gefangen und riss alte Wunden erbarmungslos wieder auf. Sie kuschelte sich in ihre Wolldecke und machte es sich auf dem Sofa gemütlich und schmiedete Rachepläne. Sie würde sich mit diesem unwiderstehlichen Arschloch, ihrem Vergewaltiger, verabreden. Sie würde ihn bezirzen, umgarnen und hinhalten. Erst kurz vor Weihnachten würde sie ein Treffen in einem Hotel vorschlagen. Seine Vorfreude würde lang sein, ebenso wie die weihnachtliche Vorfreude der Kinder auf die Bescherung an Heiligabend. Vielleicht würde sie sich bei einer ihre Kommilitoninnen ein paar Tipps für Telefonsex holen. So würde sie ihn bei der Stange halten und seine gespannte Erwartung auf seine Bescherung erhöhen.

Er würde büßen für seine Tat, für das, was er ihr angetan hatte. Ihre Scham war damals so groß gewesen, dass sie mit niemandem über den Vorfall gesprochen hatte. Nicht einmal ihre beste Freundin hatte sie eingeweiht. Sie hatte es geschafft, die Schule wechseln zu dürfen, ohne den wahren Grund dafür zu nennen. Sie konnte es nicht ertragen, ihm jeden Tag im Schulgebäude und auf dem Schulhof über den Weg laufen zu müssen.

Jetzt hatte der Zufall sie zusammengebracht und sie bekam die Chance, sich an diesem sexistischen Arschloch zu rächen. Auch ihre Vorfreude würde lange andauern. Diesmal war das Überraschungsmoment auf ihrer Seite und er würde ihr ausgeliefert sein, wie sie vor zehn Jahren ihm.

Am Abend des 23. Dezembers klopfte Jan-Philip an die Hotelzimmertür, hinter der seine Überraschung der Weihnachtsmännin, auf ihn wartet. Der Raum war abgedunkelt und drei Kerzen standen auf dem Schminktisch vor dem Spiegel. Leise Weihnachtsmusik erklang aus dem Radio. Sie öffnete Jan-Philip und präsentierte sich ihm im roten Mantel mit weißem Pelzbesatz. Die Kapuze hatte sie tief ins Gesicht gezogen. Sofort ließ er sich auf ihr Spielchen ein. »*Von drauß' vom Walde komm ich her, ich muss dir sagen, es Weihnachtet sehr ...*«, sagte er brav auf, und mimte ein ängstliches

Schulkind. Vanessa umarmte ihn und zog ihn ins Zimmer hinein. In dem Moment, in dem er ihr die Kapuze von Kopf streifte und in ihr Gesicht blickte, stach sie ihm mit voller Wucht das Messer, das sie unter dem rechten weiten Ärmel ihres Mantels verborgen hatte, in den Rücken. Der erste Stich war nicht tödlich. Langsam entglitt er ihrer Umarmung und sackte zusammen. Mit weit aufgerissenen Augen starrte er sie an. »Vanessa«, hauchte er.

»Na, die Überraschung scheint mir ja gelungen zu sein. Du erinnerst dich an mich. Wie schön. -- Ein Lächeln heißt nicht JA. Aber das musst du dir jetzt nicht mehr merken«, sagte sie und stach ein zweites Mal zu.

Vanessa trat aus dem Aufzug in die Hotelhalle. Sie hatte den weißen Gürtel ihres roten Weihnachtsmannkostüms enger geschnürt und sich die Kapuze wieder tief ins Gesicht gezogen. Sie trat vor das Hotelportal. Die kühle Abendluft tat ihr gut. Es hatte angefangen zu schneien. Sie stapfte über die dünne Schneedecke.

»Frohe Weihnachten, guter Mann!«, rief ihr ein Passant zu.

»Ho, Ho, Ho«, grummelte sie und tauchte ab in die Anonymität der weihnachtlich geschmückten Stadt.

Barbarazweige lügen nicht

Theresa dachte gerne daran zurück, wie sie in jungen Jahren oft auf dem Sofa neben ihrer Oma gesessen und ihren Geschichten gelauscht hatte. Sie hatte sich von einer dicken Wolldecke umhüllt an ihre Oma gekuschelt und im Schein einer brennenden Kerze zugehört. Oma war ein wandelndes Geschichtenbuch. Am meisten begeisterte sie sich in Kindertagen für die Erzählungen rund um das Weihnachtsfest.

Ihre Oma hatte ihr erklärt, warum zu Weihnachten eine geschmückte Tanne in den Wohnraum gestellt wurde. Auch die Bedeutung eines Adventskranzes erfuhr sie von ihr. Später, als das Internet Einzug in ihr Leben genommen hatte, hätte sie selbst schnell Antworten auf alle möglichen Fragen finden können. Doch sie zog es vor, ihre Oma im Seniorenheim zu besuchen und immer wieder einzutauchen in die wundersame Welt von Omas Geschichten, die ihr mehr als Informationen gaben.

Theresa hatte sich vorgenommen beim nächsten Mal ihrer Oma von Tom, ihrem neuen Freund, zu erzählen. Zwei gescheiterte Beziehungen lagen hinter ihr und sie war vorsichtiger geworden, sich auf einen Mann einzulassen. Sie war gespannt, was Oma zu Tom sagen würde. Möglich, dass sie ihn später mit ins Seniorenheim nehmen würde, um ihn ihrer Oma vorzustellen.

Sie fuhr zum Altenheim und wurde freundlich begrüßt. Theresa musste schmunzeln, als sie daran dachte, dass ihre Oma von ihren Mitbewohnern oft liebevoll Oma-Google genannt wurde. Sie erzählte nicht nur Geschichten, sie blieb auch niemandem eine Antwort schuldig.

Leise betrat Theresa das Zimmer ihrer Oma. Sie saß in ihrem großen Ohrensessel und hatte eine weiche Decke über die Beine gelegt. Ihr Kopf war leicht nach unten gebeugt und sie schien eingenickt zu sein. Geräuschlos schob Theresa den Besucherstuhl näher an ihre Oma heran. Auf dem Tisch stand eine Kerze. Sie griff in ihre Handtasche und suchte nach einem Feuerzeug. Doch sie hielt inne. Offenes Feuer war in Seniorenheimen verboten. Es war zu gefährlich. Theresa schob den winzigen Schalter auf der Unterseite der Plastikkerze nach rechts und das Licht leuchtete. Es simulierte sogar ein zartes Flackern.

Oma musste sie wahrgenommen haben, denn sie sah auf. »Oh, meine liebe Theresa. Ich bin so froh, dich zu sehen. Komm näher, lass dich drücken.«

»Wie geht es dir Oma? Soll ich uns einen Tee aus der Stationsküche holen?«

»Das ist eine gute Idee. Wenn du zurück bist, dann bin ich munter. Ich habe gerade etwas so Schönes geträumt. Ich werde es dir gleich erzählen.«

Oma und Enkelin nippten beide am Pfefferminztee. Bevor Oma ihren Traum erzählte, ergriff Theresa die Chance und berichtete von Tom.

»Wie hast du eigentlich Opa kennengelernt?«, fragte sie am Ende ihrer Erzählung.

Die Augen ihrer Oma strahlten. »Da kann ich dir eine schöne Geschichte erzählen«, sagte sie. »Heute haben die jungen Menschen es leichter. Aber damals.«

Ihre Oma schmunzelte und sie schien in ihre Jungmädchenzeit einzutauchen. »Meine Eltern hatten mir schließlich doch erlaubt, zum Tanztee zu gehen und meinem Bitten und Betteln nachgegeben«, begann sie. »Ich hatte dort einen jungen Mann gesehen, der mir sehr gefiel. Er forderte mich immer wieder zum Tanz auf. Als ich mich dann verabschieden musste, hat er mich für den nächsten Samstagnachmittag eingeladen. Er versprach, mich zuhause abzuholen.«

Es war eine schreckliche Woche der Qualen. Mein Vater erlaubte mir nicht, am Samstag zum Tanztee zu gehen, als ich ihm von meinem Tanzpartner erzählte. Ich glaubte, keine Tränen mehr zu haben, so viel hatte ich geheult. Meine Mutter ging in diesen Tagen häufig in Vaters Arbeitszimmer und schloss die Tür hinter sich. Ich hörte sie miteinander sprechen. Am Freitagnachmittag trat sie mit einem zufriedenen Lächeln auf dem Gesicht in die Diele. Ich stand auf der Treppe und tupfte mir Tränen aus den Augenwinkeln.

»Ich habe ihn überzeugt«, sagte sie. »Du darfst zum Tanztee gehen. Er hat es erlaubt.«

Ich hatte Bernhard bereits erzählt, wie streng meine Eltern waren und ihn vorgewarnt. Er hatte eine Idee und kam in Begleitung seines Freundes. Er wollte meinem Vater die Sicherheit geben, dass mich zwei Männer begleiteten und sie mich unversehrt am Abend wieder zuhause abliefen würden.

Ich stand hinter der Gardine und beobachte die Straße. »Er kommt! Bernhard kommt!« Mein Herz raste wie wild. Meine Mutter trat neben mich.

»Wer ist es denn von den beiden?«, fragte sie.

Bevor ich etwas sagen konnte, stand mein Vater hinter uns.

»Was?«, rief er außer sich. »Zwei Hunde an einem Knochen. Kommt gar nicht infrage. Dein Tanztee fällt aus.« Dann stellte sich heraus, dass ich doch noch genug Tränenflüssigkeit hatte.

»Oh, wie schrecklich«, sagte Theresa und drücke ihre Oma fest an sich.

»Meinen geliebten Bernhard, deinen Opa habe ich, Gott hab ihn selig, geheiratet. Aber vorher hat meine Mutter mir von einem Heiratsorakel erzählt. Ich habe mit ihr dieses Ritual angewandt und es war für sie eine echte Entscheidungshilfe, die mir meine Zukunft mit Bernhard geebnet hat. Für mich war nur die Liebe von Bedeutung.«

»Um das Heiratsorakel zu befragen, stellten die jungen Mädchen im heiratsfähigen Alter am 4. Dezember, dem Tag der Heiligen Barbara drei Zweige in eine Vase. Jeder Zweig steht für die Beantwortung einer Frage. Werde ich bald heiraten? Ist mein Bräutigam jung und hübsch? Ist er außerdem noch reich und nett?«

Dieser Adventsbrauch funktioniert nur, wenn man Zweige von Kirschbäumen nimmt. Eine Nacht vorher sollen sie in warmes Wasser gelegt werden. Dann stellt man sie in eine Vase, und positioniert sie an einer angenehm temperierten Stelle in Haus. Alle drei Tag brauchen sie frisches Wasser. Wenn sie am Heiligen Abend blühen, vermitteln sie nicht nur die Freude auf die Geburt Jesu, sondern jeder blühende Zweig beantwortet eine der gestellten Fragen positiv. Meine Mutter war damals glücklich, denn meine Zweige standen in der Weihnachtsnacht alle in voller Blüte.

Der Brauch, Barbarazweige aufzustellen, geht auf eine Legende zurück, die besagt, dass auf dem Grab der Heiligen Barbara, die 306 getötet wurde, zu Weihnachten alle Blumen blühten. Außerdem ist sie eine der vierzehn Nothelferinnen, zu denen gebetet wird. Die Heilige Barbara bittet man für eine gute Sterbestunde.

Meine Oma wurde müde. Während ihrer Geschichte fielen ihr immer mal wieder die Augen zu. Ich verabschiedete mich von ihr und bat sie, ihren schönen Traum nicht zu vergessen, und ihn für meinen nächsten Besuch aufzuheben.

Theresa ging, bewaffnet mit einer Rosenschere in den Garten ihrer Eltern und schnitt drei Zweige des Kirschbaums ab. Sie handelte so, wie ihre Oma es ihr erzählt hatte. Die einzelnen Zweige hatte sie mit den Ziffern eins bis drei gekennzeichnet. Auf drei Zettel schieb sie je eine der Frage: Werde ich bald heiraten? Ist mein Bräutigam jung und hübsch? Ist er außerdem noch reich und nett?

Diese steckte sie mit geschlossenen Augen in je einen Briefumschlag und klebte ihn zu. Dann erst nummerierte sie die Umschläge und legte sie in ihre Schreibtischschublade. In den nächsten Tagen betrachtete sie voller Erwartung die Knospen.

Tom hatte ihr am Nikolaustag einen Heiratsantrag gemacht und ihr einen Ring an den Finger gesteckt. Theresa war leicht überfordert. Sie hatte bisher nicht an Heirat gedacht.

Das spontane JA war ihr nicht über die Lippen gekommen. Sie liebte Tom, aber sie hatte ihn um Bedenkzeit gebeten.

Tom war ein attraktiver Mann. Er war jung, gerade mal zwei Jahre älter als sie. Für Theresa waren diese beiden Merkmale perfekt.

Ob er auch reich und nett war? Über seine finanzielle Situation hatten er nie mit ihr gesprochen. Was heißt jemand ist reich? Darüber hatte sie nie nachgedacht. Nett im Sinne von freundlich und zuvorkommend war Tom. Aber nett ist eher nur ein belangloses Adjektiv. Die Redewendung, dass nett die kleine Schwester von Scheiße ist, kannte sie auch. Aber sie wusste, dass es aus dem Amerikanischen kam. Nett bedeutet nice und nice steht für normal. Ja, Tom war nett, sie hatte nichts an ihm auszusetzen. Viel wichtiger war, dass sie ihn liebte. Hätte er ihr einen Heiratsantrag gemacht, wenn er sie nicht liebte? Ihre beste Freundin beneidete sie um Tom, der in ihren Augen ein Traummann war. Was würde sie sagen, wenn sie ihr nach den Feiertagen erzählte, dass sie Tom möglicherweise bald heiraten würde?

Theresa war sehr gespannt, welche Antworten die Barbarazweige für sie bereithielten.

Am zweiten Adventssonntag kam Tom zu Besuch. Er betrachtete die Vase mit den drei dürren Zweigen und machte sich über ihren mageren Blumenstrauß, wie er die Zweige nannte, lustig. Sie hatte niemandem von ihrem Hochzeitsorakel erzählt, weder ihrer besten Freundin noch Tom. Sie befürchtete, dass sie sie für meschugge hielten. Bei seinem nächsten Besuch brachte ihr Tom eine Christrose mit. Diese Pflanze steckte in einem Blumentopf mit Erde und sah wunderhübsch aus.

»Jetzt kannst du deine komischen Zweige entsorgen«, schlug er vor. Aber Theresa rettete sie vor dem Mülleimer.

»Bist du verrückt«, brüllte sie. »Sie sollen Wurzeln schlagen. Ich werde sie im Frühjahr in den Garten meiner Eltern pflanzen.«

Je näher das Weihnachtsfest kam, umso deutlicher kristallisierte sich heraus, dass ein Zweig nicht blühen würde. Aber Theresa wusste nicht, welcher Zweig zu welcher Frage gehörte. Es fiel ihr schwer, bis Heiligabend zu warten. Aber sie blieb standhaft.

Am 24. Dezember besuchte sie zuerst ihre Oma im Seniorenheim und nahm an der dortigen Weihnachtsfeier teil. Dann gab es ein opulentes Weihnachtsmahl bei ihren Eltern. Es folgte eine kleine Bescherung. Um einundzwanzig Uhr gingen sie gemeinsam in die Weihnachtsmesse. Ein anstrengendes Programm. Tom absolvierte ähnliche Weihnachtsrituale mit seiner Familie.

Theresa und Tom hatten sich für den ersten Weihnachtsfeiertag verabredet. Sie plante, einen Gemüseauflauf vorzubereiten, weil ihr angehender Verlobter Vegetarier war. Der ganze Tag würde nur ihnen gehören. Sie hatte für Tom eine Weihnachtsüberraschung geplant. Sie wollte ihre Bedenkzeit beenden und seinen Heiratsantrag annehmen.

In der Nacht lief Theresa von ihren Eltern gemütlich nach Hause. Sie war von dem anstrengenden Heiligabendprogramm geschafft. Langsam schlenderte sie die Goethestraße entlang. Die kalte Abendluft tat gut und sie hatte das Gefühl, es roch nach Schnee. Von weitem sah sie das hell erleuchtete Goethe Café. Hier trafen sich nach den familiären Ritualen am Heiligen Abend oft junge Menschen und ließen die Nacht ausklingen.

Langsam näherte sie sich auf dem gegenüberliegenden Gehweg und schaute durch die großen mit Sternen dekorierten Fenster in das gemütliche Innere der Kneipe. Leise Weihnachtsmusik und freudige Stimmen waren zu hören, wenn jemand nach draußen trat, und sich eine Zigarette ansteckte und die Tür sacht hinter ihm zufiel.

Ein Schmerz durchzuckte ihren Körper. Sie atmete tief ein, hielt die Luft an und schloss die Augen. Sie glaubte nicht, was sie gesehen hatte. Vorsichtig blinzelte sie. Aber das Bild hatte sich nicht verändert. Sie sah ihre beste Freundin in inniger Umarmung mit Tom. Sie küssten sich. Sie umarmten sich. Sie konnten voneinander nicht lassen. Theresa trat ein paar Schritte zurück hinter eine niedrige Hecke in die Dunkelheit des angrenzenden Parkplatzes. Sie wusste nicht, wie lange sie dort gestanden hatte. Aber sie sah, wie die beiden die Kneipe verließen und flirtend in unmittelbarer Nähe an ihr vorbeischlenderten und sich liebkosten. Sie verschwanden in der Nacht.

Erst als die Wohnungstür hinter ihr ins Schloss fiel, ließ Theresa ihren Tränen freien Lauf. Warum passiert das immer nur mir, dass ich an so miese Kerle gerate? Er macht mir einen Heiratsantrag und betrügt mich fast gleichzeitig mit meiner Freundin. Unfassbar. Mein Bauchgefühl hat mich nicht getäuscht. Es hat mich vor dem spontanen Ja bewahrt.

In den frühen Morgenstunden des ersten Weihnachtsfeiertages erwachte Theresa krumm wie ein Fragezeichen auf ihrem Sofa. Sofort blitzten die demütigenden Bilder der Nacht wieder auf. Wut krabbelte in ihre Gedanken.

Die Vase mit den Barbarazweigen, die in unmittelbarer Nähe der Christrose standen, trat in ihren Fokus. Sie hatte diese total vergessen. Hastig zog sie die Schreibtischschublade auf und hielt die Briefumschläge in der Hand. Mit zitternden Fingern öffnete sie den Umschlag Nummer zwei. Denn der Zweig mit eben dieser Nummer trug keine Blüten. Darin lag der Zettel mit der Frage, die allein durch die fehlenden Blüten nicht positiv beantwortet wurde. Der erste Teil der Frage, ob er reich sei oder nicht, war völlig egal. Aber nett, war er auf keinen Fall. Es bewahrheitete sich, dass tatsächlich die altbekannte Redewendung, dass nett die kleine Schwester von Scheiße ist.

Gegen Mittag klingelte es pünktlich, wie verabredet an ihrer Tür. Tom stand vor ihr und überreichte ihr eine Flasche Sekt. Seine Umarmung fühlte sich falsch an und das *Frohe Weihnachten, mein Schatz,* schmerze in ihren Ohren.

»Oh, hast du deine Zweiglein entsorgt?«

»Ja« sagte sie. »Sie haben ihre Schuldigkeit getan.«

»Und wo ist meine Christrose?«

»Die Blüten stehen im Schlafzimmer. Ich habe sie in eine Vase gestellt.« Sie ging in die Küche und nahm den Weißwein aus dem Kühlschrank. »Ich brauchte ihren Wurzelstock für den Auflauf«, flüsterte sie. Sie öffnete die Schublade und nahm den Korkenzieher heraus. Ihr Blick fiel auf das Messerfach. Sie griff zum Filetiermesser. Es lag gut in der Hand. Die Klinge blinkte. Nein, entschied sie und ließ das Messer wieder in die Lade fallen. Oma soll mich nicht umsonst mit ihren Geschichten in die Pflanzenwelt eingeführt haben. Die toxischen Stoffe der Christrose sind eine smartere Lösung.

Theresa hatte den Tisch festlich gedeckt. Sie zündete eine Kerze an. Die traumhafte Vorspeise begeisterte Tom. Gang zwei war sein Lieblingsgemüseauflauf, den sie mitten auf die weihnachtliche Tafel stellte.

Tom bemerkte ihre Reserviertheit. Aber sie flunkerte ihm etwas von dem Weihnachtsmarathon am Heiligenabend vor.

»Mich hat meine Familie auch fast die ganze Nacht beansprucht. Ich bin auch erst sehr spät ins Bett gekommen«, sagte Tom und stöhnte auf. »Was tut man nicht alles, um der Familie eine Freude zu machen?«

Ja, das glaube ich dir, dachte Theresa und verschluckte sich beinahe am Weißwein.

Beim Auflauf hatte Tom ungeniert zugeschlagen. Er schaufelte gierig eine zweite Portion in sich hinein. Theresa gab vor, keinen Appetit zu haben. »Das üppige Mahl meiner Eltern«, sagte sie und legte ihre Hand auf den Magen. »Mir reicht die Vorspeise.«

Beim Dessert fragte sie ihn, ob er die Heilige Barbara kenne.

»Jaaa«, antwortet er lahm und zog das a in die Länge. »Das, das ist die Schutzpatronin der Bergleute.« Es fiel ihm schwer, zu sprechen.

»Richtig«, bestätigte Theresa. »Wir wohnen ja schließlich im Ruhrgebiet, da ist das Wissen um die Heilige Barbara ein Muss. Aber ist dir bekannt, dass sie auch eine der vierzehn Nothelferinnen ist?« Tom stand auf, wankte. Er faste sich ans Herz und ließ sich erschöpft wieder auf den Stuhl sinken. »Nein« sagte er und stöhnte abermals. »Nie was von Nothelferinnen gehört. Was machen die denn?«

»Oh, die Heilige Barbara ist die Patronin der Totengräber, Hutmacher Jungfrauen und der Gefangen.

»Ich rate dir jetzt, zur Heiligen Barbara zu beten, und bitte sie um eine gute Sterbestunde, denn dafür ist sie nebenbei ebenfalls zuständig.«

Marmeladen-Roulette

Der Kirschbaum bog sich unter der Last der prallen roten Früchte. Ich erntete und entsteinte. Anschließend füllte ich einen Teil des vorbereiteten Obstes in Einfrierbeutel und verstaute meinen Ertrag in der Kühltruhe. Wenn die Zeit es zuließ, bereitete ich einen Pfälzer Kerscheplotzer zu, einen süßen kalorienreichen Auflauf mit Kirschen. Einige Wochen später stand meine Nachbarin mit einem Korb Pflaumen vor meiner Tür.

»Ich weiß nicht wohin mit den Früchten. Ich kann keinen Pflaumenkuchen mehr sehen. Frag mich nicht, wie viele Gläser Pflaumenmus ich schon eingekocht habe. Hast du Verwendung dafür?« Noch am gleichen Abend begann ich mit der Arbeit: waschen, entsteinen, verpacken, einfrieren. Auch der Apfelbaum hinten im Garten trug in diesem Jahr so viele Früchte wie nie zuvor. Aus den Äpfeln machte ich Gelee. Egal, welche Gäste sich in dieser Erntezeit zu Kaffee und Kuchen zu Besuch kamen, ich servierte ihnen eine Äppelwoi-Torte vom Feinsten.

Anfang November startete ich mit der eigentlichen Produktion. Ich kreierte Gelees und Marmeladen, tüftelte, probierte aus und stellte erlesene fruchtige Brotaufstriche her. Der Verkaufsschlager meines Angebotes würde wohl, wie in den vergangenen Jahren, meine Glühweinmarmelade sein.

Seit Tagen besuchte ich Weingüter der Region und kaufte günstige, aber qualitativ gute, rote und weiße Weine ein. Ich besorgte ebenso Gelierzucker, Orangensaft und einige geheime Zutaten. Meine Brotaufstriche waren sehr beliebt und das nicht nur in meinem näheren Umfeld. Die Weihnachtsmarktbesucher verschiedener Orte freuten sich auf die Marmeladen aus meiner Küche.

»Diese Spezialität wird im Weihnachtspäckchen nach England verschickt«, hatte eine Stammkundin auf dem Weihnachtsmarkt in der Weinstadt Deidesheim gesagt. Auch dort stellte ich auf dem historischen Marktplatz Köstlichkeiten aus der Region vor. »Meine Kinder freuen sich schon riesig darauf. Es ist für sie ein Gruß aus der Heimat.«

»Ihre Ingwermarmelade, ein Traum! Ich nehme gleich zwei Gläser", sagte eine andere Kundin, die auf dem Neustadter Weihnachtsmarkt meinen Stand besuchte. »Sind Sie im nächsten Jahr wieder hier zu finden?«

»Die Rezepte verraten Sie sicher nicht?«, wurde ich mehrmals gefragt. Ich lächelte, freute mich über das Lob und schwieg geheimnisvoll über meine Rezepturen.

Mein Hobby hatte einen Hauch von Professionalität angenommen. Die Brotaufstrich-Produktion war mehr und mehr zu einer saisonalen Passion geworden. Es macht einfach so viel Spaß. Der Verdienst stand nicht im Vordergrund meiner Tätigkeit. Wenn ich kostendeckend arbeitete, war es gut. Wenn etwas übrigblieb, war dieses allerdings besser. Den Überschuss spendete ich einem regionalen Frauenhaus als Unterstützung.

Das Häuschen, das mein verstorbener Mann mir hinterlassen hatte, bewohnte ich allein. Obwohl ich im ersten Jahr nach seinem Tod ausziehen wollte. Das Haus verkaufen und weg, soweit es nur eben ging. Jedes Detail in diesem ach so trauten Eigenheim verband ich mit Egon und die meisten Erinnerungen waren schrecklich. Ich konnte mir nicht vorstellen, dass ich diesen Menschen einmal geliebt hatte. Die letzten Wochen unseres gemeinsamen Lebens waren die Hölle. Viele Jahre hatte ich ihn ertragen. Aber als er seinen Job verlor, steigerte sich mein Elend.

»Sie sind leider nicht mehr vermittelbar«, hatte der Berater am Arbeitsamt zu ihm gesagt. »Ich kann Ihnen eine Umschulung anbieten. Aber ob Sie danach wieder in den Arbeitsprozess integriert werden können? Ich weiß es nicht.«

An diesem Abend wartete ich vergeblich auf Egon. Er war direkt vom Arbeitsamt in die nächste Kneipe eingekehrt. Dann folgte eine Besenwirtschaft nach der anderen. Er hatte sich vollllaufen lassen. Sein Auto parkte morgens immer noch vor dem Arbeitsamt und hatte bereits ein Knöllchen an der Windschutzscheibe. Wegen Ruhestörung war er in der Nacht aufgefallen. Die Polizei hatte ihn aufgelesen und den Rest der Nacht verbrachte er in einer Ausnüchterungszelle.

Egon veränderte sich. Er kommandierte mich herum. Ich konnte ihm nichts mehr recht machen. Er mutierte zu einem Haustyrannen. Manchmal reichte es schon aus, dass ich ihn angeblich provokant angesehen hatte. Er brüllte und beleidigte mich. Meistens schloss ich schnell die Fenster, wenn er losdonnerte. Ich wollte nicht, dass unser Wohnumfeld sein Geschrei hörte. Es war mir so wahnsinnig peinlich, später die mitleidigen Blicke meiner Nachbarn zu spüren.

Der Tag, der für mich die Wende einleitete, war jener, an dem er mich zum ersten Mal schlug. Ich spüre heute noch die Finger auf meiner Gesichtshaut. Ich fühle, wie mein linkes Auge anschwillt und die Hitze mir ins Gesicht steigt. Ich muss nur daran denken, dann wird mir übel.

Mehr als eine Woche bin ich nicht vor die Tür gegangen. Egon mähte den Rasen im Vorgarten und ich hörte, wie er unserer Nachbarin, die an den Zaun getreten war, erzählte, dass ich eine schwere Virusgrippe hätte. Meine Kraft reichte nicht aus, mich ihm zu widersetzen. Wer hätte mir schon geglaubt? Nach außen demonstrierte Egon Normalität und nach innen Tyrannei, unterstützt durch erhöhten Alkoholkonsum.

Mein Leidensdruck wurde stetig größer. Jedes Mal dachte ich, es könne nicht schlimmer werden. Aber ich täuschte mich. Meine Schlafstörungen bekam ich nicht in den Griff. Morgens, in unchristlicher Frühe, lag ich wach und grübelte, wie ich mich dieser Lebenssituation würde entziehen können, und abends konnte ich nicht einschlafen.

Wenn Egon unterwegs war, einen Kumpan zum Trinken fand er immer, widmete ich mich meinen Marmeladen. Bei dieser Tätigkeit fand ich Entspannung und Ruhe. Ich hatte eine Glühweinmarmelade hergestellt, die an Köstlichkeit nicht zu überbieten war. Die rubinrote heiße Flüssigkeit lief aus meiner Suppenkelle in die vorbereiteten Gläser, die auf einem rot karierten Geschirrtuch standen. Ich konzentrierte mich, damit ich nicht kleckerte. Auf die gerade gefüllten Gläser schraubte ich die silbernen Deckel. Den Rest zum sofortigen Verzehr, beziehungsweise zum Probieren, goss ich in eine kleine Schüssel. Ich säuberte mein Revier und setzte mich an den Küchentisch und beschriftete die Etiketten mit Angaben zum Inhalt und dem Herstellungsdatum. Ich holte Stoff aus roter Baumwolle mit kleinen grünen Tannen bedruckt hervor. Diesen hatte ich im letzten Jahr auf einem Weihnachtsmarkt entdeckt. Jetzt schnitt ich ihn mit der Zackenschere in quadratische Stücke und befestigte diese mit naturfarbenem Bast über den Deckeln der Marmeladengläser. In Reihe und Glied standen sieben Gläser, weihnachtlich geschmückt, auf der Anrichte in der Küche.

Stolz betrachtete ich mein Werk. Die kleinen Zugaben für die Weihnachtsgeschenke waren fertig. Freunde und Verwandte würden sich darüber freuen. In den nächsten Tagen würde ich die Produktion für die Weihnachtsmärkte starten.

Das Poltern vor der Tür kündigte Egon an. In Windeseile deckte ich den Abendbrottisch. Ohne ein Wort ließ er sich auf seinen Stuhl fallen, schnitt sich eine dicke Scheibe vom Musikantenbrot ab, das meine Schwester aus Reichbach-Stegen mitgebracht hatte, und strich fingerdick die Butter darauf. Er erblickte meine Glühweinmarmelade auf der Anrichte, stand auf, riss die Weihnachtsdekoration ab und öffnete das erste Glas. Die Marmelade war weder abgekühlt noch streichfähig.

»Was ist das denn für eine undefinierbare Suppe«, rief er. »Was soll das sein? Ah, Glühweinmarmelade«, sagte er spöttisch, »steht ja drauf.« Er drehte sich zu mir und sein alkoholisierter Atem schlug mir entgegen. Dann kippte er die blutrote, leicht zähflüssige Masse auf seine Bauernstulle. Die Marmelade schwappte über den Tellerrand. Die Tischdecke war bekleckert und die noch warme Glühweinmarmelade tropfte auf den Boden. »Selbst die einfachsten Dinge bekommst du nicht auf die Reihe«, brüllte er. »Das ist doch keine Marmelade.« Er stand auf, ergriff ein Glas nach dem anderen, und schüttete den Inhalt in den Ausguss. Im Vorbeigehen schlug er nach mir. Ich konnte seiner Faust ausweichen. Die Haustür fiel ins Schloss und eine unheimliche Stille kehrte in dieses Haus ein.

Ich beseitigte die Spuren seines schlechten Benehmens, ging in den Keller und holte eine neue Flasche Glühwein herauf. Aus dem Küchenschrank nahm ich weitere Zutaten, die ich für sieben Gläser Glühweinmarmelade benötigen würde. Bevor ich erneut die Produktion startete, ging ich ins Bad. Ich stützte mich auf das Waschbecken auf und blickte in mein Spiegelbild. Am linken Wangenknochen war noch vom letzten Mal eine leichte bläulich grüne Verfärbung zu sehen. Einige geplatzte Äderchen im Auge veränderten mein Aussehen. »Jetzt ist Schluss«, sagte ich und blickte mich ernsthaft an. »Ich will nicht mehr.« Ich öffnete den linken Glasschrank und entnahm die Zutat, die zermahlen und pulverisiert in hoher Konsistenz der neuen Charge Glühweinmarmelade die tödliche Würze geben würde.

Mitternacht war längst vorbei, als Egon den Weg nach Hause gefunden hatte. Ich hörte ihn in der Küche hantieren. Der Kühlschrank wurde zugeschlagen und polternd fiel ein Stuhl um. Wann er endlich ins Bett ging, bekam ich nicht mit, da ich es vorgezogen hatte, im Gästezimmer mein Nachtlager aufzuschlagen.

Als ich am Morgen in die Küche kam, standen noch sein Teller und ein Becher auf dem Tisch, beides in einer Milchpfütze. Er hatte ein neues Marmeladenglas geöffnet und das Chaos auf dem Küchentisch glich dem vom frühen Abend. Der Boden klebte schon wieder. Dieser elende Ignorant. Er wusste genau, wie viel Arbeit es war, das Haus sauber zu halten und vor allem, wie viel Freude ich an deinem Marmeladen-Hobby hatte. Doch das wäre jetzt auch egal.

Ich schlich die Treppe hinauf und öffnete leise die Schlafzimmertür. Egon war nicht da, das Bett unberührt. Er hat sich sicher angezogen auf das Sofa fallen lassen und ist im Suff einfach eingeschlafen, dachte ich. Aber als ich an der Kellertreppe vorbeikam, sah ich ihn. Von oben blickte ich auf seinen verengten Körper. Meine Finger berührten seine kalte Haut und ich erschrak nicht.

Diesmal schüttete *ich* die Glühweinmarmelade aus dem geöffneten Glas in das Küchenwaschbecken und spülte die Masse mit einem dicken Wasserstrahl in den Ausguss. Das Glas reinigte ich mit Spülmittel und heißem Wasser.

Dann rief ich den Notarzt. Er stellte Egons Tod fest. Die Todesursache war eindeutig: Tod durch Treppensturz nach erhöhtem Alkoholkonsum. Es wurden keine weiteren Nachforschungen angestellt.

Im Keller füllten sich die Vorratsregale mit Brotaufstrichen für die bevorstehenden Weihnachtsmärkte: Kirschkonfitüre mit Zimt, Pflaumen-Nektarinen-Marmelade mit Rotwein, Apfelgelee mit Calvados, Glühweingelee mit weihnachtlichem Gewürz-Potpourri, um nur einige zu nennen.

Da Egon mich in meinem Leben nicht mehr belästigte, konnte ich mich ganz meinem Hobby widmen. Ich gestaltete Flyer und schaltete Werbeanzeigen.

Bastian, der Sohn meiner Nachbarin, fragte mich, ob er mir ab und zu helfen dürfte. Er sah darin eine Gelegenheit, sein Taschengeld aufzubessern. »Jetzt, wo Egon nicht mehr da ist«, stammelte er.

Wenn Du wüsstest, dachte ich, nahm seine Hilfe aber gerne an. Er unterstützte mich hervorragend auf dem Markt in Haßloch, dem Weihnachtsmarkt der tausend Lichter.

Wir stapelten auf der Ladefläche meines Autos Kartons und Körbe und alle enthielten nichts anderes als Brotaufstriche, Weihnachtsdekorationen und Lichterketten, um die Stände und Büdchen zu dekorieren. Am zweiten Adventswochenende übernahmen Bastian und sein Freund Emil alleine den Weihnachtsmarkt in Meckenheim, weil ich drei Tage vorher auf dem Schneeflockenmarkt in St. Martin meine Köstlichkeiten angeboten hatte und mir eine kleine Ruhepause gönnte. Die Kasse klingelte. Bastian freute sich über seinen Verdienst und ich konnte einen stattlichen Betrag an das Frauenhaus überweisen.

Im Januar war Aufräumen angesagt. In ordentlichen Unternehmen nennt man es Inventur. Natürlich hatten wir nicht alle Marmeladen verkauft. Einige würde ich neu dekorieren und auf den Ostermärkten der Region anbieten. Als ich das Fach mit den Glühweinmarmeladen durchzählte, wunderte ich mich. Es hätten, laut meiner Statistik, weniger Gläser dort stehen müssen. Ein Glas Kirchgelee war falsch eingeräumt. Und dann fiel mein Blick auf das Etikett eines Glases in der vorderen Reihe. Das Datum schockte mich. Es war der Todestag meines Mannes. Hastig sah ich mir die anderen Gläser an. Ich fand noch vier, die dieses Datum trugen.

Wie ein Film lief jener Tag noch einmal vor mir ab. Ich hatte das geöffnete Marmeladenglas mit der tödlichen Dosis ausgespült und weggeworfen. Aber die anderen Gläser, die auf der Anrichte standen, die anderen sechs, wo waren die abgeblieben? Da ich nicht ahnen konnte, welches Glas Egon öffnen würde, hatte die ganze Charge manipuliert. Ich hatte die Gläser damals in eine Plastiktüte gestellt und später, noch vor Eintreffen des Rettungswagens, in die Garage gebracht. Sechs minus fünf gleich eins. Wo war das fehlende Glas mit der tödlichen Köstlichkeit geblieben? Ich konnte mich nicht daran erinnern. Die Hektik des Rettungseinsatzes, das Heucheln von Trauer, die Besuche der Nachbarn zum Kondolieren, all das hatte mich nervlich sehr belastet. Hatte Bastian in seinem Übereifer die Gläser mit in die Kartons gepackt? Hatte er eines an seinem Stand verkauft? Oder hatte ich es im Gedränge der Weihnachtsmarktbesucher vielleicht sogar selbst verkauft? Mein Herz begann zu rasen. Mir wurde ganz schwindelig. Ich musste mich erst einmal hinsetzen. Dann entsorgte ich die restlichen Marmeladen mit der tödlichen Substanz.

Ich studierte aufmerksam die Todesanzeigen und achtete darauf, ob in der Presse von Todesfällen nach dem Verzehr von Glühweinmarmelade berichtet wurde. Meine Glühweinmarmelade konnte überall auf dem Frühstückstisch stehen. Ich hoffte darauf, dass jemandem das Glas geschenkt wurde, der es nur als Dekoration benutzte, oder überhaupt keine Glühweinmarmelade mochte. Das ist ja im weitesten Sinne wie russisches Roulette, Glühweinmarmeladen-Roulette, dachte ich. Um jeglichen Verdacht von mir fern zu halten, blieb mir nichts anderes übrig, als zu schweigen.

(Erstveröffentlichung in der Anthologie: Tödlicher Glühwein, Band 2, Leinpfadverlag 2013

Mischpokentreffen

»Wie du hast am Heiligen Abend deine komplette Mischpoke eingeladen? Meinst du nicht, dass du das mit mir hättest absprechen müssen?« Hartmut starrte seine Angetraute entgeistert an. Beinahe wäre ihm die Christbaumkugel heruntergefallen, die er seit einige Minuten in Händen hielt. Er war nicht in der Lage, eine Entscheidung zu fällen. Sollte er seinen Weihnachtsbaum heute in Blau und Silber schmücken, und damit wenigstens einen Hauch von Schalke in sein Wohnzimmer zaubern? Die rot-goldene Dekoration würde etwas gefälliger aussehen. Außerdem hatte er diesen Weihnachtsbaumschmuck erst vor wenigen Tagen auf dem Weihnachtsmarkt in Waltrop, am Schiffshebewerk gekauft. Er hatte dem Angebot nicht widerstehen können und das Potpourri aus Gold und Rot erstanden. In Gedanken hörte er die mahnenden Worte von Almuth.

»Du hast doch wahrlich genug von dem Kram im Keller, meinst du nicht, dass es herausgeworfenes Geld ist?«, hatte sie gesagt und ihn am Weihnachtsbüdchen alleine stehen lassen. Er hatte sich durchgesetzt und die Neuanschaffung getätigt. Als er bezahlte, war Almuth schon weit von ihm entfernt und spendierte ihrer Mischpoke, die sie bei diesem Ausflug im Schlepptau hatte, Bratwürstchen im Brötchen mit Senf, Pommes und andere Leckereien.

Hartmut erschrak, als er Almuths reale Stimme aus der Küche hörte.

»Es kommen doch nur meine Schwestern mit ihren Männern«, rief sie.

»Und die drei Schreihälse? Lassen sie diese zur Bescherung alleine zuhause?«

»Nein, die werden ebenfalls dabei sein, was glaubst du denn?«

»Dann kann ich es mir ja ersparen, die Krippe aufzubauen. Die Kurzen werden sich sofort darauf stürzen und annehmen, das Christkind hätte ihnen eine neue Playmobil-Edition unter den Baum gestellt.« Hartmut ließ sich enttäuscht auf das Sofa fallen. »Die Figuren werden sofort von kleinen klebrigen Kinderpfoten angetatscht. Diese Krippenfiguren sind alt. Ich habe sie von meinem Urgroßvater geerbt.«

»Stell dich nicht so an! Wie wäre es, wenn du dir dir Weihnachten ohne Krippe nicht vorstellen kannst, dieses Hirten- und Königtreffen am ersten Weihnachtsfeiertag aufbaust? Du wirst dann alleine damit spielen dürfen.«

Oh Gott, wie gut kenne ich Almuth überhaupt? Hab ich sie doch zu vorschnell geheiratet?

Einfühlsame Mitte-Fünfzigerin hatte in der Annonce gestanden. Eine Frau, die dir deine einsamen Stunden aufhellt und dich rund um die Uhr verwöhnt.

In den ersten Wochen war das auch so. Er erinnerte sich an die Verliebtheit, mit der sie ihn umgarnt hatte. Und er hatte sich wie im siebten Himmel gefühlt und geglaubt, einen zweiten Frühling zu erleben.

Im Sommer hatten sie eine Reise gemacht. Almuth hatte sie als Überraschung für sie beide gebucht. Die Rechnung hatte sie an ihn schicken lassen. Sie flogen nach Las Vegas.

Dort hatten sie geheiratet, alleine, ohne die buckelige Verwandtschaft. »Eine Liebesheirat«, hatte sie gesagt.

Im Herbst überraschte Almuth ihn ständig mit schlechter Laune und täuschte eine Migräne nach der anderen vor. Er durchschaute sie, denn sie war eine miserable Lügnerin.

Immer öfter tauchte ihre Mischpoke im Hintergrund ihrer Ehe auf. Sie luden sich ständig zum Essen ein. Almuth tischte auf und ihre Verwandtschaft schlug sich die Bäuche voll. Sie verprasste seine Rente und der Saldo seines Ersparten wurde schlanker. Es kam vor, dass die jüngste Schwester von Almuth ihre Blagen bei ihnen ablud, weil sie mal eine Auszeit brauchte, und ein Wellness-Wochenende mit ihrem Mann gebucht hatte. Hartmut wurde vor vollendete Tatsachen gestellt. Almuth erwartete von ihm, sich stundenlang mit diesen unerzogenen, verwöhnten Gören zu beschäftigen. Erste Gedanken an eine Scheidung durchstreiften in der letzten Zeit öfter seinen Alltag.

Und heute stahlen sie ihm auch noch seine christliche Tradition. Er hatte geplant, die Schallplatte mit den alten Weihnachtsliedern aufzulegen, gemütlich mit Almuth zu speisen und in die Christmette zu gehen. Vor der Bescherung würde er ihr die Weihnachtsgeschichte vorlesen und das kleine Jesuskind in die Kippe unter dem Baum legen. So stellte er sich Weihnachten und die Heilige Nacht in einer christlichen Familie vor.

»Hiev die Tanne auf einen Hocker. Die Kinder haben ihr Weihnachtsgeschenk schon im Vorfeld bekommen. Sie bringen einen Hundewelpen mit. Ich hab vergessen, wie der Köter heißt. Wir werden es ja gleich erfahren.«

»Aber Almuth, der Baum, den ich gekauft habe, ist viel zu groß. Wie soll ich diesen denn kürzen und auf einen Hocker stellen? Das funktioniert nicht. Er hat Deckenhöhe.«

Ein paar Minuten später schlug die Kellertür zu und Almuth kam mit einem Fuchsschwanz in der Hand die Treppe herauf. »Geht nicht, gibt´s nicht«, sagte sie, »lass mich mal machen.« Sie öffnete die Tür zur Terrasse, zog die Tanne wieder ins Freie und setzte nach Augenmaß die Säge an.

Hartmut stand in der Kälte neben seiner Frau und sah zu, wie seine mit großer Sorgfalt ausgesuchte Nordmanntanne von Almuth, in zwei ungleiche Teile zerlegt wurde. Die Geräusche der Säge erzeugten einen Schauer, der sich über seinem Rücken ausbreitete. Mit aufgerissenen Augen starrte er das Häufchen Sägemehl, das größer und größer wurde. Das obere Ende der Tanne, das mit der Spitze, sah erbärmlich und mickerig aus. Selbst der schönste Weihnachtsbaumschmuck wäre nicht in der Lage gewesen, aus diesem krüppeligen Rest einen schmucken Weihnachtsbaum zu machen.

»So, jetzt kannst du ihn einstielen«, sagte sie, und trug das obere Teil der Tanne ins Wohnzimmer. »Von dem Rest knips ein paar Zweige ab und ich werde sie in die große Bodenvase stellen. Wenn du Lust hast, darfst du an das Gestrüpp auch einige Kugeln hängen.«

Hartmut erstarrte. Was hier gerade passierte, hatte nichts mit ihm und mit Weihnachten zu tun. Er fühlte sich wie in einem Vakuum und war lange Zeit nicht fähig zu reagieren. Wie in Trance ging er auf den unteren Teil der Tanne zu und berührte sacht die Sägefläche, als würde er eine Wunde abtasten.

Sein Blick fiel auf den Fuchsschwanz. Almuth hatte ihn nach getaner Arbeit achtlos auf den Rasen fallen lassen. Er hob ihn auf und strich mit den Fingern über die scharfen Zacken. Das Sägeblatt vibrierte leicht und die Schwingungen erzeugten seltsame Töne, die ihn an Klagelaute erinnerten.

»Komm endlich rein«, rief Almuth. »Mach die Balkontür zu, das Zimmer kühlt ja völlig aus. Meine Verwandtschaft kommt gleich. Sieh zu, dass du den Baum bis dahin dekoriert bekommst. Dann deck den Tisch. Ich werde in der Zeit die Gans zerlegen. Beeil dich.«

Nein, nein, nein, dieses Wort fixierte sich in Hartmuts Gedanken. Wie konnte ich mich nur so täuschen? Almuth ist so weit davon entfernt, mir meine einsamen Stunden zu erhellen und noch weiter entfernt von dem Versprechen mich zu verwöhnen. Sie macht mich zu einer Randfigur in meinem eigenen Leben.

Er schloss leise die Tür zum Garten und schritt durch das Wohnzimmer. Der Bratengeruch, der ihm entgegenschlug, wies ihm den Weg in die Küche und vermengte sich nur Sekunden später mit dem metallenen Geruch von Blut. Es waren keine Fettspritzer, die die weißen Küchenfliesen besprenkelten.

Hartmut ließ im Erdgeschoss alle Rollläden herunter und schaltete die Bewegungsmelder rund um das Haus ab.

Dann ging er eine Etage tiefer in den Hausarbeitsraum. Er reinigte sorgfältig den Fuchsschwanz und nahm aus seinem Bastelkeller eine Pappe mit hoch ins Wohnzimmer.

Mit einem dicken Filzstift schrieb in Großbuchstaben den Karton:

Wir sind nicht zu Hause. Das Mischpokentreffen fällt heute aus.
Ihr müsst selbst für euren Weihnachtsschmaus sorgen.

Frohe Weihnachten und ein glückliches neues Jahr.
Almuth und Hartmut

Er öffnete die Haustür und legte seinen Weihnachtsgruß
auf die Fußmatte. Anschließend deckte er den Wohnzim-
mertisch mit Tannengrün ab. Er positionierte den kleinen
Holzverschlag seines Urgroßvaters darauf und stellte Ochs
und Esel sowie Maria und Josef hinein. Die Dose mit den
Heiligen Drei Königen schob er unter das Sofa. Sie würden
erst Tage später die Krippe ergänzen. Hartmut zündete
eine dicke rote Kerze an und setzte sich im diffusen Dunkel
des flackernden Lichtscheins auf das Sofa. Als die Glocken
von St. Amandus läuteten, nahm er sacht das kleine Jesuskind in die Hand, berührte es zärtlich und legte es in die
Krippe. Die alte Vinyl-LP drehte ihre Runden und einge-
lullt in Sentimentalität ergriff ihn eine innere Ruhe, wie er
sie lange nicht erlebt hatte. Er konnte eine Menge ertragen,
aber das Weihnachtsfest, das ließ er sich nicht nehmen und
schon gar nicht von Almuth und ihrer Mischpoke.

Brigitte Vollenberg

1953 in Dorsten geboren, Schülerin der Ursulinen, studierte Betriebswirtschaftslehre an der Ruhr-Universität Bochum. Mehr als dreißig Jahre führte sie mit ihrem Ehemann ein Architekturbüro in Gladbeck. Sozial stark engagiert galt ihre Aufmerksamkeit besonders Kindern und Jugendlichen.

Neben Job und Familie arbeitete sie zwölf Jahre im offenen Ganztag an einer katholischen Grundschule. Sie gibt heute noch Einstiegskurse in das kreative Schreiben für Kinder und Jugendliche, gelegentlich auch für Erwachsene.

Ihre Liebe gehört dem Krimi und dem Verfassen von Reisegeschichten.

Sie ist Mitglied der Mörderischen Schwestern, einem Verein für Krimiliebhaberinnen und Mitglied im Bundesverband junger Autoren.

Bisher erschienene Bücher:

Wolkenlos chaotisch - amüsante Urlaubsgeschichten - **Gladbeck, vor und hinter den Kulissen**, Anekdoten und Geschichten - **Die SOKO KI, Ferien, Freunde, Einbrecher**, ein Kinderkrimi - **Meistens ist es Mord**, Krimikurzgeschichten - **Geschichten, die mir zuflogen**, Alltagsgeschichten - **Inselgeplauder Baltrum**, ein Urlaubsroman - **Mörderisch schöne Tage in Schottland,** ein Reisekrimi. Eine Vielzahl von Kurzgeschichten sind in Anthologien und Literaturzeitschriften im In- und Ausland erschienen.

Danke

Bedanken möchte ich mich bei meinem Autorenkollegen Dirk Juschkat, der leider während der Überarbeitung dieses Manuskriptes verstorben ist. Er hatte stets ein offenes Ohr für mich und seiner Unterstützung konnte ich mir jederzeit sicher sein. Mögest Du in Frieden ruhen, lieber Dirk.

Mein Dank gilt auch Greta Welslau, die meistens die Erste war, die meine Texte lesen durfte. Lieben Dank an meine Tochter Nora, die meinen Worten die Form verliehen und das großartige Cover gestaltet hat.

Danke an alle Menschen, die mir tagtäglich begegnen, meine Fantasie anregen oder mir von skurrilen Begebenheiten berichten.

Das Leben liefert die Vorlagen für meine Geschichten. Man muss nur richtig zuhören und hinschauen.

Die Soko Ki – Ferien, Freunde, Einbrecher

Brigitte Vollenberg

Book on Demand

ISBN 978-3-7534-5794-9

TB: 230 Seiten. 12,90 Euro
E-Book 4,99 Euro

Emil zieht in ein barrierefreies Haus. Ob er neue Freunde finden wird? Auf der Gartenparty seiner Eltern lernt er Marlene und Faris kennen. Zusammen mit Kathi, einer Freundin aus Grundschultagen, schließen die vier schnell Freundschaft und verbringen gemeinsam eine Ferienwoche. Herr Kalikinsky, Emils schrecklicher neuer Nachbar, tritt in ihren Fokus.

Es passieren merkwürdige Dinge. Zudem machen Einbrecher die Wohngegend unsicher. Die Freunde bilden ein Ermittlerteam und nennen sich die Soko Ki. Ihr Spürsinn ist geweckt und sie wollen die Einbrecher zur Strecke bringen. Ein spannendes Buch für junge Leser ab 8 Jahren, das sich auch aktuellen gesellschaftlichen Problemen stellt.

Meistens ist es Mord

Brigitte Vollenberg und
Britt Glaser

Book on Demand

ISBN 978-3-7543 3184-2

12,00 Euro

TB: 182 Seiten. 12,00 Euro
E-Book 3,99 Euro

Beziehungskrimis! Rätselhafte Verbrechen! Kaltblütig ver-
übte Taten! Ausweglose Situationen! Einsame Entscheidun-
gen!

In allen Geschichten verbergen sich Begegnungen aus dem
alltäglichen Leben. Schnell führt die Liebe zur Katastrophe,
wird aus inniger Zuneigung Mord und ein unbefriedigtes
Gerechtigkeitsempfinden führt zu einer Straftat. Was es bedeutet, nicht zuzuhören, ist nahe an der Realität.

Aber auch Zufälle oder Missverständnisse haben oftmals die
Hand im Spiel und steuern auf ein mörderisches Ende hin.

Die skurrilen und teilweise makabren Texte sind aus dem
Augenwinkel der Unterhaltung geschrieben und bilden hoffentlich nicht die Realität ab. Dennoch werden Sequenzen
aufblitzen, in denen sich der Leser wiederfinden wird.

Mörderisch schöne Tage in Schottland

Brigitte Vollenberg

Book on Demand

ISBN: 978-3-7597-7768-3

TB: 170 Seiten. 12,00 Euro

E-Book 6,99 Euro

Busrundreisen sind nicht Theresas Ding.

Zum ersten Mal in ihrem Leben lässt sie sich dennoch auf dieses Abenteuer ein. Eine skurrile Reisegruppe nimmt sie am Flughafen von Edinburgh auf. Einige Mitreisende werden zu Freunden, andere nerven ununterbrochen. Sie landen auf Theresas Opferliste.

Sie stellt fest, dass sie sich nicht der Seele Schottlands hingeben kann, wenn sie die Gemeinschaft ihrer Mitreisenden nicht in den Griff bekommt. Angeregt von der kriegerischen Geschichte des Landes gepaart mit ihrer kriminalistischen Fantasie findet sie mit Unterstützung ihrer Freundin Bea Wege, sich von den ständigen Nörglern zu befreien.

Genießen Sie den schottischen Reisebericht, gewürzt mit krimineller Energie, humorvollen Wendungen und einem Hauch von Fantasy. Möglich, dass es auch ein Rezept für Sie ist, mit den ewigen Nörglern dieser Welt umzugehen.